U0119701
強制撩男
瀝青
插畫／夏樹
17:45
17:45

強制撩男
瀝青
插畫／夏樹

目次

^ 顯示較少 ×

第一章

強制撩男

北善區是個介於繁華與鄉下之間的寧靜地方。

其中，位於區中心的北善高中則是該縣市名聲數一數二的學校。這間學校有個不成文的規定——升上三年級生，擔任社團重要幹部者，除了運動社團有例行比賽可斟酌考量以外，其他社團需在暑假結束前進行交接，讓二年級接手，以專心準備升學考試。

就讀北善高中三年級，原為文藝社社長的張鯨太也是如此。

張鯨太在校內算是位知名人物，一方面是他的文學底子相當優秀，一方面是他又高又壯，一頭短而俐落的髮型，加上精悍又嚴肅的外表，一副像是校內球隊王牌的樣子，卻獨獨醉心於文學與閱讀，一直擔任著文藝社的重要幹部。

當初他搶眼的外表，可是引來不少運動社團的邀請，不過全都被他拒絕了。後來的幾件事情，也證明張鯨太在運動方面相當有天分，每次的運動會，都經常可以看到各校隊成員望著表現優秀的張鯨太惋惜加嘆息。

儘管張鯨太那麼喜歡文學作品，每週的心得分享、開書單一直是他最快樂且期待的事，但再怎麼可惜，他也來到了高中三年級，這個必須認真面對未來升學計劃的階段。

然而，沒有人知道的是，眼下他有更煩惱的事情——

現在，他人在距離北善高中兩個路口遠的小巷子裡，一邊確保沒人會經過、沒人會注意，一邊提心吊膽地四處張望。

「這個學弟為什麼老是這麼晚……」

習慣早一點到校的張鯨太，隨著時間過去愈感焦躁。就在他想掏出手機聯絡時，他等待的人終於從對街路口姍姍來遲，還悠悠地打著呵欠。

就讀北善高中二年級的謝亞鑲覺得很無奈，平時他都是壓線到校的人，但是從某天起，就開始了必須早起的生活，否則另一位當事人就會不斷地打電話。謝亞鑲慢慢地走過街道，來到張鯨太面前。

熱衷於音樂、在吉他社小有名氣的謝亞鑲與三年級的學長張鯨太，本來是八竿子打不著的兩人，如今卻必須每天早上見面，無論颳風、下雨、休假或上學。

「你今天的任務是什麼？」張鯨太捧著手機認真問道。

「唔……牽手，要十指交扣的程度，否則親密、好感、財運都會下降。學長你呢？」謝亞鑲拿出手機點開ＡＰＰ，畫面跳出一個純黑的頁面，上頭只有一個淺淺的方塊黑底，寫著「當前任務列表」，下方則有六個奇怪的小方塊，分別是「親密度」、「好感度」、「財運值」、「限時提醒」、「惡運值」以及「每日任務」。

更令人在意的是，頁面的最下方寫著**「指定戀愛對象：張鯨太」**。

這個非常簡單粗暴的手機畫面，卻讓他們兩人這段時間以來痛苦不堪。

「呃……兩人臉頰互相磨蹭。」張鯨太猶豫地說。

強制撩男

謝亞鑲的臉色頓時比他還要難看。

「為什麼學長的任務總是這麼……為難我？」謝亞鑲有些生氣，看了張鯨太的手機一眼——一樣的頁面設計，隱約還有個心型圖案在背景發光。這個根本看不出是什麼鬼東西的手機程式，就是他們近日的困擾來源。

「我也不曉得，而且它還指定要與你的任務同時進行。」張鯨太看著每日任務的時間不斷在倒數，為了避免可怕的惡運值上升，他連忙催促，「學弟，我們快點做一做吧！只要維持三分鐘就好。」

張鯨太將手機收進上衣口袋裡，伸出手主動握住謝亞鑲的左手，兩人十指交扣，臉頰貼臉頰，但是為了不讓彼此更貼近，頭部以下卻呈現古怪的距離感。

謝亞鑲並不喜歡張鯨太的靠近，但是為了任務，只能忍耐下來。

他們都不是自願做這些事情，卻不得不做。

至於為什麼，時間得回溯到三週前，那個讓張鯨太只要一想起，就後悔萬分的一天——

當時，是北善高中開學後第一週的週日，對於升上高三必須面臨升學大考的張鯨太來說，有那麼一點惆悵。

他在傍晚剛讀完一本關於愛情與親情的經典文學小說，小說的內容非常淒美，讓他的心情一度受到影響。

「……真想談個戀愛啊。」張鯨太坐在書桌前，看著窗外的昏黃夕陽，悶悶地低語。

第一章

這樣的念想讓他完全靜不下來，於是趁著老媽還沒煮好晚餐，他丟了一句「想散心」便出門了。

張家位於住宅大樓群的其中一層，由於接近晚餐時間的關係，街道上沒什麼人，只有每家每戶的飯菜香味交錯。這裡是個老社區，屋齡都相當老舊，對於喜歡懷舊風的張鯨太來說，是非常理想的環境。

氣氛很好，更加重了張鯨太內心不斷湧起的某種渴望。

「好想談個戀愛喔……」張鯨太的情緒愈來愈惆悵，本以為走一走心情就能轉換，沒想到一點作用也沒有。

就在他在路口轉彎，想走去附近的超商買點零食時，卻看到巷口的深處出現一個他不曾見過的景象。

「那裡……什麼時候有了這間小廟？」

張鯨太揉揉眼睛，以為自己產生了幻覺。但大樹下的小廟依然存在，這是位於北善區鬧區中心不曾出現的景象。

「到底怎麼回事？」張鯨太遲疑地慢慢靠近，發現那是一間相當古老、高度只到自己腰部的小廟，「我在這裡住這麼久，還是第一次看到……」

張鯨太不安地蹲下身軀往裡頭探，只看到一尊約十公分高的石像。石像底部綁著一塊破爛的紅色布條，表面充滿磨損的痕跡。

「這到底是什麼神啊？」張鯨太看了很久，完全看不出端倪。他正想起身離開，一個轉身，卻撞上一個瘦長的身影。

「是兆善狐仙喔。」一位有著一頭白色長髮，穿著一身奇怪紋路的長衫，外貌十分中性的男子，滿臉笑容地說道。

「狐……狐仙？」張鯨太被突然出現的男人驚得後退好幾步。直覺告訴他，對方的來意並不友善。

「是的，靈驗又有效，很多人都向我許過願喔。」奇怪的男子一直在張鯨太面前繞圈，張鯨太被對方搞得很緊張，想逃卻動彈不得。

「別害怕，我是正當的神，而且專長是牽紅線。」

自稱狐仙的男子從懷中掏出一塊寫著**「天界認證，神職狐仙」**的布，布上有著精美的刺繡，整塊布像是高科技的雲朵般飄浮在空中，周圍甚至還在發光。

由於整體狀況已經超出張鯨太的理解範圍，他只能張著嘴，看看狐仙，又看看那塊布，問道：「祢……祢……到底是……」

「吼！是要我說幾次？我是『兆善狐仙』，好幾十年前，我可是你們這附近香火最鼎盛的廟呢！現在我不需要靠香火過日子了，但……偶爾遇到有煩惱的人，我還是會大發慈悲地想幫幫忙哦。」

兆善狐仙停留在張鯨太的左身側，用調戲的口吻在他耳邊輕聲說：「我剛剛全聽到了，你想談戀愛，對吧？」

「唔……」張鯨太僵硬地轉頭看著邶善狐仙，沒有回應，臉龐卻冒出明顯的紅暈。

「我說中了吧？放心，我可以幫你實現願望，而且三天內立刻見效。」

「咦……」張鯨太倒抽一口氣。無法否認的是，他確實心動了。

「你可以說說你的擇偶條件，我保證三天內就幫你找到對象。」邶善狐仙又開始在他身邊繞圈，那低沉的嗓音輕易地迷惑了張鯨太。

張鯨太在慾念的驅使下，開口道：「我想要一個幽默風趣、能理解我的人，另外……希望對方要有自信，有好聽的聲音，不要怕我……太多人一看到我又高又壯，不笑的時候一臉凶樣，就都躲得遠遠的，不敢靠近我，讓我很尷尬。總之，我希望對方能接納我的一切，是個我也會對他很好，我們可以互相理解的對象。」

邶善狐仙不知何時已經掏出一本破舊的筆記本，握著一枝原子筆，神情愉悅地書寫著。

張鯨太偷看了一眼，發現全都是沒見過的文字，不免感到好奇，「狐仙……先生，祢在寫什麼？」

「我在寫你的擇偶條件啊！寫完之後會進行匹配。不過呢……我們最近有個新方案，不知道你有沒有興趣？你想，就算我幫你找到了合適的人選，你們總需要一點相處的時間，才曉得彼此合不合，對吧？」

「嗯，祢說得沒錯。」張鯨太點點頭，望著那本筆記本出神，還是解讀不出邶善狐仙到底都寫了什麼。

就在此時，北善狐仙瞇起那雙細長的狐狸眼，有幾分邪氣地朝張鯨太笑了笑，「來，手機給我。」

「要做什麼？」張鯨太像是被蠱惑般，迷迷糊糊地拿出放在上衣口袋的手機遞給對方。

「幫你裝個測試用的ＡＰＰ，我還幫它取了個名字，叫做《真實戀愛人生》。」北善狐仙動作流暢地滑開手機，螢幕上一道奇特的光芒一閃即逝，接著祂就從空中抓住一顆粉紅色的球體，貼在手機螢幕上，輕輕地按壓兩下後，那顆粉紅球體便緩緩沒入手機中。

張鯨太親眼看見自己的手機螢幕突然冒出文字，寫著**「程式安裝中，非天界神職者不得任意解除」**。

約莫十秒後，北善狐仙才愉悅地將手機交還給張鯨太，說道：「好啦！這個ＡＰＰ可是我們天界開發很久的東西，不是每個人都可以使用的，今天算是你賺到了。」

「是、是嗎？」張鯨太看著那個全黑的頁面，上面寫著「真實戀愛人生」六個字。

不知為何，他總覺得剛剛好像自己把自己賣掉了。

「是啊！只要你記得我的忠告就好——在達成戀愛結局以前，這個ＡＰＰ會一直在你的手機裡喔！至於那些通知功能你可以先熟悉一下，每天的提醒你都必須注意，當然，我們選中的對象也會有跟你一樣的ＡＰＰ。過了今晚午夜十二點，這個ＡＰＰ就會通知你，你的戀愛對象是誰。切記！任何提醒都不能馬虎，身為神職者，最看重的就是誠實與信任，一旦違反，可是會得到懲罰的，請務必留意。最後，祝你順利戀愛，覓得良緣！」

張鯨太捧著手機，才發覺對方的聲音似乎愈來愈遠，眼前的大樹和小廟也逐漸消失。

大約有三秒的時間，他的意識與視覺一片空白，等到回神時，他發現自己正握著手機，站在家門口發呆。

「咦……幻覺嗎？」

張鯨太茫然地看著前方，又低頭看看手機，螢幕上顯示著「真實戀愛人生」的字樣，提醒他剛才的事都是真實發生過的。

但……他隱約覺得，自己好像答應了不該做的事？

就這樣掛念著這件事情，等吃過晚餐、洗完澡後，張鯨太便安靜地躺在臥房床上，等待午夜十二點的到來。

他是個作息正常的人，平常這個時間點他應該已經熟睡了才對，但現在的他毫無睡意，心情忐忑。直到午夜十二點，他手裡的手機微微一震，接著發出一聲他從沒聽過的提示音。他頓時全身繃緊，小心地點開螢幕。

被邶善狐仙強制安裝的《真實戀愛人生》，ＬＯＧＯ是一個白色半透明的心型符號，此刻右下角冒出了一個小小的紅色心型。在好奇心驅使下，他點了那顆心一下。

一個像是訊息欄的畫面就這樣跳了出來，**「系統提示，請搜尋『尷尬小吉他的自彈自唱』。」**

強制撩男

「這是什麼？」張鯨太無法理解，但還是照著提示點開搜尋網站，輸入關鍵字。

很快地，他就看見一個有著相同標題的網頁。

張鯨太不解地搔搔臉頰，點了網站進去後，發現裡面正在直播。因為家裡人都很早睡，他怕聲音太大會驚醒其他人，連忙起床翻找出耳機，像偷偷摸摸做壞事一樣，躲在被窩內看著直播。

直播從頭到尾只有畫面右邊露出一雙手，看起來是側身面對鏡頭，刻意不露臉，後方也是一片白牆，讓人看不出實際地點。直播中的那雙手正在彈吉他，一邊哼哼唱唱，聽起來是男性的嗓音，歌聲還不錯，但是下方的觀看人數只有一人，也就是張鯨太。

「他的歌聲……我喜歡。」張鯨太聽過對方正在彈唱的這首情歌，它的曲調輕柔，讓人感覺很舒服，歌詞是在描述甜甜的初戀故事。

但是他不能理解，為什麼自己會被指引到這個直播來？

這時，正在哼唱的人注意到有人觀看，發出稍微驚喜的輕笑聲。

「今天居然有觀眾？這是第一次呢！你好啊。」那雙骨感好看的手停止彈奏，朝鏡頭揮揮手。張鯨太意識到對方是在與自己打招呼，下意識地朝螢幕揮手——對方當然看不見。不過等張鯨太意會過來，還是為自己幹了蠢事而感到丟臉。

「你有想聽的歌嗎？慶祝第一位聽眾，特別接受點歌喔！」

張鯨太遲疑了幾秒後，才在下方的聊天室用自己的帳號回應他。

【大鯨魚】：「呃……你好，我想再聽一次你剛剛唱的歌。」

大概是網路延遲，對方約莫兩秒後才有了反應，**「好啊！現在就為你演唱。」**

他撥了弦，調整手勢，正準備下前奏時，又說：**「我叫尷尬小吉他，隨意稱呼就好。」**

張鯨太不知為何，心裡有些緊張與悸動，手指微微顫抖地回覆。

【大鯨魚】：「好的，尷尬先生你好。」

直播裡的人看著他的回覆，不禁笑了出來，說：**「我喜歡這個稱呼。那麼接下來就為你展開一對一演唱會囉！」**

對方開始流暢地彈奏吉他，張鯨太聽得很入迷，甚至漸漸湧起睡意，直到聽見對方說「今天的直播就到這裡結束」，才慌忙地回覆道別。

此刻的張鯨太實在是太睏了，早就忘記自己來到這個直播的原因，更是忘記傍晚發生的種種。將手機往一旁隨意一放後，他便躲進被窩，抱著美好的心情入睡。

自然也沒有發現，手機發出了奇特的粉紅光芒。

《真實戀愛人生》在沒人下指令的狀況下，自己又跳出頁面，彷彿有生命意識一般，不斷地跳動，最後，在最下方浮現一個「指定戀愛對象」的視窗，視窗裡悄悄地浮出一個名字——「謝亞鑲」。

一早，張鯨太帶著睡眠不足的臉，前往公車站搭車。

在等待的空檔裡，他慣性地拿出手機，想看看今天有什麼新聞，卻發現強制釘選在手機首頁的心型符號又冒出小紅心，顯示有新的通知。

他不解地點開ＡＰＰ，立刻看到畫面顯示，**「恭喜你！已尋得條件符合的對象，從現在起將進入追求模式，祝您順利。」**

「咦？什麼……」張鯨太慌了一陣，想再看一次訊息內容時，卻發現它已經消失了，完全找不到。

這突如其來的通知讓張鯨太無法平靜，不自覺地緊皺著眉頭。而旁邊同樣在等公車的學生自然不知道他焦慮的原因，看見他凶神惡煞的表情，都悄悄往左右挪了幾步遠離他。

張鯨太很快就發現自己嚇到人了，連忙輕咳幾聲，試圖平靜下來。然而，剛才的訊息提示依然讓他感到很不安，但不安中又摻雜著一點期待。

這時，那顆半透明的大心又冒出一顆小紅心，不需要他動手，就自己跳出訊息提示。

「系統提示，指定戀愛對象即將出現。初步任務——得知愛人的名字。」

「咦？」張鯨太一臉錯愕，心跳得更快了。

同時，通勤固定搭乘的公車正緩緩駛來。張鯨太一邊跟著排隊，一邊忐忑地張望四周——不知道自己的戀愛對象會是哪一位呢？是身後這位綁馬尾的女生嗎？還是正慢慢走來，留著長髮的女同學呢？

他內心相當浮躁，但是直到公車入站，他跟著人群走上車，甚至幸運地覓得一個不錯的空位坐下為止，他都沒有等到期待的事件發生。

就在張鯨太心想著這個ＡＰＰ大概是騙人的時候，車內前方突然起了不小的動靜。伴隨乘客們的驚呼，一名髮型有精心打理且好好抓過，穿著邶善高中男子制服，身高比張鯨太矮小許多，背上揹著顯眼的吉他袋的少年，像是失控一樣，腳步混亂地穿過人群。

「抱歉、抱歉！我不是故意的！」少年一路衝撞了許多人，還在中途詭異地轉了好幾圈，引起相當大的騷動。張鯨太困惑地看著眼前情景，少年的表情看起來確實不像是故意的。

「真的超抱歉，我、我控制不了自己，抱歉、抱歉……」少年一邊道歉，一邊左傾右倒，一路上又撞到不少人。就在張鯨太覺得那樣的舉動好像是在找誰時，少年突然爆衝到他身邊，以根本不尋常的姿勢轉了好幾圈後，華麗地倒在張鯨太的身上。

張鯨太下意識地伸手抱住了少年，避免他受傷。

「抱、抱歉……」少年氣喘吁吁地喊，身上的吉他袋和書包讓他卡在座椅間動彈不得。

「沒關係，你還好吧？」張鯨太想扶起少年，才發現自己的雙手怎樣都抽不開，彷彿被黏在少年皮膚上一般。

「我沒事，謝謝。」少年轉頭看向張鯨太，然後就被那張凶悍的臉嚇到了。

他急著想起身，卻發現自己被牢牢扣住，無法動彈。

「呃……學長，你不鬆手我沒辦法起來。」少年很尷尬地掙扎了幾下，覺得對方的掌溫非常燙，讓他更加不安。

「但我的手放不開。」張鯨太也很慌，他試圖鬆開手，卻反而愈握愈緊。

少年不停掙扎著，顧不得四周的注目禮。但張鯨太只覺得少年愈是反抗，自己的手就被迫黏得更緊。就在束手無策的時候，他突然想起剛才手機跳出的提示訊息。

雖然覺得問這個很怪，他還是出聲問道：「你、你叫什麼名字？幾年級啊？」

被緊緊抱住的少年一臉錯愕地看向張鯨太，無法理解為何張鯨太要在這種時候，問他毫不相干的問題。但基於對方是學長，少年還是禮貌地回答：「我叫謝亞鑲……二年級。」

話音剛落，那股神祕的黏力就消失了，張鯨太終於得以鬆手。謝亞鑲也立刻掙脫起身，整理自己被扯亂的衣物，雖然來自四面八方的眼神已經讓他感到丟盡了臉。

張鯨太錯愕地看看自己的雙手，又看看站在身旁的謝亞鑲。他隱約聽見腦中傳來響亮的警鈴聲，但不確定那是什麼意思。

「學長抱歉，我剛剛不是故意的……」謝亞鑲看著張鯨太嚴肅的臉色，誤以為是自己剛才的行為惹怒了他，嚇得輕聲道歉。

張鯨太隨即回過神，看謝亞鑲嚇得臉色發青，自覺是自己這張過於凶惡的臉又嚇到了人，便試圖彎唇微笑，好讓自己看起來和藹可親點。

可惜，他笑起來的效果沒有很好，謝亞鑲覺得更毛骨悚然了。

「沒事，我一點都不介意。啊，我叫張鯨太，你剛剛沒有摔傷吧？」張鯨太有點尷尬，卻仍維持著自認最溫暖的笑容。

「學長你好，我早就聽過你的名字……啊，謝謝學長，我去前面……前面有空位。」謝亞鑲不安間看見公車前方有個空位，急忙向張鯨太行禮道別，轉身就往前跑。

張鯨太有些茫然地看著那個揹著吉他的嬌小身影，困惑地低下頭思考著，「這個人的聲音……好像有點熟悉？」

但他還沒找出解答，公車已經抵達了北善高中校門附近。車上不少人都要在這一站下車，張鯨太在人群中看著謝亞鑲揹著吉他袋跑遠，放在上衣口袋裡的手機卻震動起來，打斷了他的思緒。

「怎麼回事？」張鯨太掏出手機一看，發現那款戀愛APP的小紅心正在發光，紅心裡頭還寫了個數字3。他隱約有點不安，點開來查看。

果不其然，全都是提示訊息。

「恭喜尋覓指定戀愛對象，謝亞鑲！」

「接下來請執行『每日任務』，如不執行，系統內所有數值皆會受影響。請注意，若無遵照指示執行，將會導致惡運降臨。」

「指定戀愛對象謝亞鑲亦已安裝本程式，祝您追求成功。」

張鯨太讀完訊息，整張臉從慘白變成鐵青，又從鐵青轉為慘白，直到預備鈴聲響起才清醒過來，急忙將手機塞進書包裡。

而打從這一刻起，他就一直心神不寧，上午的所有課程都無心聽進去。直到中午，他才發現問題的癥結點在哪裡。

「我忘了說性別啊啊啊啊——」張鯨太抱著頭彎身哀號，就算今天的便當全是他愛吃的菜色，他也毫無食慾。

他不停回想著昨天傍晚事情發生的過程——他想談戀愛，他開了條件，然後今天就開始發生一連串奇怪的事件，而他必須追求的對象是同校二年級的學弟，謝亞鑲？

「這一切實在是太荒唐了……」張鯨太愈來愈難以理解現在的情況，甚至在想要不要立刻蹺課回家，看看能不能遇上那名奇怪的狐仙。但是這一切又過於超自然，他怎麼想都覺得太可笑且不真實。

就在這時，距離教室門口最近的同學突然朝他喊道：「張鯨太——外找！」

「啊？我？」張鯨太放下筷子，循著同學的方向望去，看見謝亞鑲帶著一張驚慌失措的臉瞪著他不放。

張鯨太困惑地慢慢走近謝亞鑲，兩人的身高與體格有明顯的差異，謝亞鑲的體型偏瘦小，比他還要矮一顆頭，似乎拋不開早上尷尬又驚慌失措的情緒，就這麼抬頭看著張鯨太。

面對這張凶狠的臉，謝亞鑲似乎仍然感到畏懼，兩人就這樣互望了許久。

「請問……有什麼事嗎？」張鯨太先打破了沉默。

「學長……請問你知道這是什麼嗎？」謝亞鑲掏出手機，將已經開好的ＡＰＰ頁面展示給張鯨太看。

張鯨太一看到那個心型、黑底，熟悉的《真實戀愛人生》的介面，不禁倒抽一口氣，小心翼翼地問道：「你、你真的被裝上這個了？」

「所以這是什麼東西？還有……」謝亞鑲低頭點開其中一個頁面，操作的手勢相當流暢，甚至點開了張鯨太從沒開過的選項，「這個，寫著『指定戀愛對象：張鯨太』是什麼意思？你也有嗎？」

「……應該有。」張鯨太看著那排不知道何時多出的文字，心跳加速到甚至產生反胃感。

「方便讓我看看嗎？」謝亞鑲問道。

「好……」張鯨太雖然遲疑，還是乖乖交出手機。

謝亞鑲同樣快速地滑過一堆選項，最後停留在與剛才相同的頁面上，最底下寫著**「指定戀愛對象：謝亞鑲」**。

「你也有……而且是我的名字？這到底是怎麼回事？我在網路上查了很久，完全找不到這款《真實戀愛人生》的程式說明，它就這樣突然出現在我的手機裡，而且更莫名其妙的是，我還得、還得跟你完成一堆任務，不然惡運就會降臨？這到底是什麼鬼啊！」

謝亞鑲將手機歸還的同時，愈說愈焦躁，張鯨太這時才慢慢冷靜下來。

「你先別緊張，我可以解釋給你聽，我們先找個隱密的地方吧。」張鯨太看了四周一眼，雖然沒什麼人注意他們，但是為了保險起見，還是單獨面對面地說明比較好。

「好吧！我們去右邊的樓梯間，那邊這時候不會有人經過。」謝亞鑲頷首同意，轉身領著張鯨太移動。因為感受到張鯨太與外貌不相符的溫和與客氣，他的情緒稍微趨緩了些，不過這一連串莫名的奇怪事件仍讓他無法理解。

他們在隱密的樓梯轉角停下，謝亞鑲往後退一步不說話，一副等著張鯨太解釋的架勢。

張鯨太被盯得有些緊張，清清喉嚨，將昨天傍晚遇到的事情隱去部分事實地說了一次，謝亞鑲愈聽臉色愈差。

「總之，說起來連我都不信，但我們手機裡都有那款ＡＰＰ，代表這並不是幻覺，昨天我遇到的那個自稱是北善狐仙的人，真的很不尋常。」張鯨太無奈地嘆了口氣，一邊懊悔著早知道昨天就不要出門散步了，沒事想談戀愛幹嘛呢？自討苦吃。

「所以，你的意思是……接下來每天我都要跟你一起解任務？然後你還要追我，直到追成功，我才可以解除這個鬼東西？」謝亞鑲忍著激動的情緒，怕引起注意也不敢太大聲，只能憤恨不平地輕輕跺著腳。

「抱歉，讓你困擾了。」張鯨太試圖安撫他，語氣充滿歉意。

謝亞鑲無奈地看了張鯨太一眼，發出嘆息，「算了，一定有什麼辦法可以解決。」

他再次拿出手機，點開那款ＡＰＰ。由於目前沒有任何任務與提醒，他流暢地點開幾個地方並問道：「學長，你的手機可以借我嗎？」

「好。」張鯨太再次遞出自己的手機，看著謝亞鑲點出相同的頁面。

「嗯……果然有點不同，你是追求者，我是被追求的人，我們的好感度不太一樣，計算方法也不同。你得靠我對你的親密度來提升，我則得靠跟你的互動增加好感，期間ＡＰＰ每天都會發佈任務，我們之間的相處有任何一點變化，都會影響這些數值……其中最可怕的就是惡運值。」謝亞鑲指著「惡運值」的框框，表情苦惱。

「怎麼個可怕法？」張鯨太茫然地看了自己手機一眼，沒看出什麼端倪。

「學長，你都沒有仔細看過所有說明嗎？那個北善狐仙是來整你的吧！這款ＡＰＰ根本就是來折磨人的！現在我們的惡運值都是零，但一旦沒做到規定的指示，或沒有完成任務，惡運值就會上升，每上升五點就會有不同程度的惡運降臨，而且如果好感度下降太多，我們之間還會有『同極排斥』！」謝亞鑲崩潰地說。

「『同極排斥』是什麼？」張鯨太不禁跟著愁眉苦臉。

「就是像磁鐵一樣，我們身上像是被裝了同極的磁鐵，會完全無法靠近彼此，懲罰時間上面沒寫，但這期間的每日任務並不會停止發佈，所以惡運值會繼續往上升，我們得一直忍受不斷增加的水逆狀態……學長，雖然說明沒寫得很清楚，但這一定會對我們的生活產生很大的影響！」謝亞鑲神情凝重地看著張鯨太。

張鯨太聽得目瞪口呆，完全沒料到這款ＡＰＰ裡居然藏了這麼惡劣的規則。他語氣微微顫抖地問：「這樣的話……有沒有解決的辦法？」

「這就是最可惡的地方。它的說明只有提到必須執行指定任務，才能消除惡運值，至於是什麼任務，要遇到才會公佈。」謝亞鑲咬咬牙，停頓幾秒後，憤恨地低語：「學長，我覺得你被騙了！就算那傢伙不是普通人，也不應該這樣整人！」

「原來是這麼麻煩的事……我、我今天會想辦法，看看能不能再遇到那個壯善狐仙，抱歉讓你遇到這麼大的麻煩。」張鯨太慎重地朝他彎身行禮。

謝亞鑲見張鯨太這麼有禮貌，雖然心中有滿滿的怒氣，也不好發在他身上。

「那就等學長的好消息了。但在你今天找到之前，我們只能先解一下那個每日任務，畢竟我實在不想測試惡運值的真實度……我願意配合你解任務。」

「好，我一定會盡快解決這件事。」張鯨太此時再也沒有想談戀愛的心思了，只有滿滿的後悔感。兩人達成協議後，又互相留下彼此的聯繫方式才分開。

可惜，從那天之後，張鯨太就再也沒遇到壯善狐仙。為了不讓惡運降臨，他與謝亞鑲只好每天都乖乖執行每日任務，雖然都只是簡單的碰觸，但是在雙方都不願意的情況下，兩人只感到痛苦。

轉眼間，就過了三週。這段期間，他們每天都會先確認彼此的每日任務，基本上任務都不相同，但是必須同時執行。漸漸地，隨著時間過去，任務條件也逐漸增加，例如會指定時間與地點，有時難度高，有時難度低。雖然謝亞鑲非常不滿，但是張鯨太溫和可親的性格，又讓他發不了火。

今天的任務是十指交扣與磨蹭臉頰，謝亞鑲陪著張鯨太一起執行了這段日子，雖然已經逐漸感到麻木，偶爾還是會覺得很無奈。

每日任務有時候會指定時間，像今天就得維持三分鐘。而打從任務開始的那天起，謝亞鑲便感覺每一秒都似乎變得很漫長。任務過程中他都盡量放空，讓自己不要多想，只要完成每日任務就好。但是久而久之，他便不自覺地開始觀察起張鯨太這個人。

對就讀二年級的謝亞鑲來說，張鯨太算是校內名人，因為其高壯的體格與凶惡的長相，讓校內有許多關於他的奇怪傳聞流傳著。不過在兩人透過這般奇妙的緣分開始接觸後，謝亞鑲便發現這位學長與自己想像的完全不同。

張鯨太外型粗獷凶惡，個性卻相當溫柔，從說話的態度便可以感覺出是非常有禮節的人。且與同年紀的同性不同，他總是會把自己打理得很乾淨，身上還會擦著帶點清爽氣息的香水，是個相處起來很舒服的男性。

如果以交朋友的角度來看，張鯨太無疑是非常值得往來的類型，也絕對是很可靠的人，優點數不清。怎麼偏偏兩人是這樣結識的呢？

「三分鐘到了，學弟抱歉，今天也讓你困擾了。」時間一到，張鯨太立刻鬆開謝亞鑲，並往後退了幾步，臉上的尷尬怎麼也抹不去。

「還好啦！我也習慣了，為了避免惡運降臨，我可以忍耐。」謝亞鑲整了整衣服，態度自然又輕鬆。

看見張鯨太始終擺著一副自責的表情，他想了想，先是往前伸手勾住對方的脖子，但很快就發現兩人的身高差太多，又改成搭著張鯨太的肩頭。

「學長，你不要覺得是你的問題啦。」謝亞鑲說。

「不，會造成今天這種局面，全都是我的錯。」張鯨太說罷，又向他行了個禮。

謝亞鑲很無奈，事實上這幾天下來，他一直想拉近彼此的關係，可惜卻毫無進展。最後，他只好配合張鯨太，仍用帶著點疏離的態度來相處。

「學長，我們該快點進學校了，再晚會被記遲到。」

「啊、也對！走吧。」張鯨太遲疑了一秒，又說：「那個……你先走吧。」

「喔，好。」謝亞鑲沒有拒絕，拉了拉背包肩帶與吉他便逕自往前走。一離開小巷，兩人就像是不認識一樣。

謝亞鑲偷偷轉頭看了一眼，發現直到自己離開一個路口遠，張鯨太才邁開步伐。他忍不住又無奈地發出無聲嘆息——他知道張鯨太是為了避嫌才這麼做，但是相處三週以來，他一直在努力地向對方傳達一個訊息：他們不需要這麼拘謹，不過就是解個任務，動作稍微親密一點而已。

可惜張鯨太一直沒接收到他的暗示。

就在謝亞鑲抵達邶善高中校門口時，他心中突然冒出一個疑問——

其實學長並不差，為什麼會找不到對象呢？實在太可惜了。撇開這個荒唐的認識原因，學長其實是個很不錯的對象呢……

第二章

強制撩男

謝亞鑲是吉他社的成員，熱愛彈彈唱唱的他最喜歡放學後的社團活動時間。

雖然他很想把所有重心都放在音樂上，但是他與雙親有約法三章，一旦成績低於及格以下，父母就會沒收他的吉他與電腦。為了不讓自己的樂趣被剝奪，謝亞鑲一直非常努力地維持在校成績。

邶善高中的社團活動時間基本上都是放學後的一至兩個小時，其中吉他社的要求並不嚴格，一週有簽到一天，並待上三十分鐘後就能自由活動。有些社員加入只是想來混個紀錄，好在未來的升學考試中派上用場。

但謝亞鑲則不同，他是非常認真地在看待社團活動，還幫自己設了每日目標。像他今日的目標，就是學會彈奏一首經典的西洋情歌。

但是，從剛才開始，被他收在上衣口袋的手機就一直震個不停，讓謝亞鑲不得不停下練習，掏出手機確認。不看還好，一看就讓他全身起了雞皮疙瘩。

因為擅自釘選在他手機首頁的那顆白色大心型符號，此時右下方正冒著小紅心，對謝亞鑲來說這簡直就是可怕的警報。他實在不想點開，但是一想到惡運值，幾番掙扎後，他還是選擇打開來確認訊息。

「今天早上於邶善高中校門口處誇獎對方，臨時增加好感度事件——與張鯨太一起放學回

家。」

謝亞鑲看完訊息後，雙眼瞪得老大。

要面對每日任務已經夠讓人心煩了，沒想到還有這種突然出現的臨時任務，簡直就是折磨人！謝亞鑲很想對空大喊他才不幹這種事，但他馬上又發現訊息下方還有一行小字，**「如不在規定時間內執行完畢，惡運值將會增加三十。」**

「……簡直是逼人太甚！這種鬼東西哪能讓人感覺到戀愛的美好？根本就是在整人！」謝亞鑲憤恨不平地抱怨，又怕被其他人誤解，只能用自己才能聽到的音量低聲碎唸個不停。

等到他冷靜下來，想聯繫張鯨太時，便聽見同社團的人在呼喊他。

「謝亞鑲！有人找你！」

「啊？這時候是誰……」

謝亞鑲抬頭望向社團教室門口，馬上看見張鯨太帶著一副為難的表情望著他。

他嘆了口氣，只好放下手邊的一切，一邊搔著頭一邊慢慢走過去。

「我收到訊息通知，說有臨時追加的任務要做。」張鯨太不等謝亞鑲打招呼，立刻說道。顯然他也很不樂意，但是一想到惡運值會增加這麼多，他說什麼都得執行。

「是啊！反正只是一起放學回家，不是多困難的事。」謝亞鑲想了想後，也很快就接受現實了。

但是張鯨太還沉浸在收到臨時任務的驚嚇中，所以表情不太好。

「唉唷！學長，問題真的沒這麼嚴重啦！反正我今天在吉他社也待超過三十分鐘了，我們現在就一起回去吧。」謝亞鑲連忙輕聲安慰，張鯨太緊張的表情才緩和許多。

「好，謝謝你。」張鯨太微微笑著，心裡暗暗慶幸，幸虧謝亞鑲是個包容度很高的人，碰上這些莫名其妙的怪事都還能臨危不亂，讓他相當安心。

「不用道謝啦，等我幾分鐘收拾一下。」謝亞鑲拍拍他的肩膀以示安撫，接著便轉身回到座位上，向其他人道別並收拾好東西後，就與張鯨太一起離開學校。

「平常只有每日任務，今天怎麼會突然追加任務呢？」張鯨太與謝亞鑲並肩走著，看著手機上的任務訊息，感到十分不解。

「我也不曉得，不過幸好只是一起放學回家而已，不是多困難的事。」謝亞鑲心情平靜地回答，心想兩人回家的路線居然完全相同……而且原來他們還住在同一個社區裡？只是大樓不同。好吧，這個任務是真的沒那麼麻煩。

「是嗎？總覺得我一直在給你添麻煩，感覺你很喜歡社團活動吧？如果可以，我實在不想打擾你……」張鯨太將手機收回書包裡。雖然兩人並肩走著，但基於禮貌，他一直與謝亞鑲保持著距離。

「彈吉他這種事回家也可以做啦，只是在社團教室裡可以跟大家一起玩音樂而已，差異其實不大。」謝亞鑲扯了扯吉他揹帶。張鯨太轉頭看著他的動作，看著看著，突然覺得那雙手好像有點熟悉？

仔細思忖幾秒後，一個畫面閃過腦中，張鯨太總算知道為何那雙手看起來很眼熟了——謝亞鑲就是「尷尬先生」！

「你家人不反對你玩這些嗎？」張鯨太壓抑著發現真相的興奮感，好奇地望著謝亞鑲問道。關於臨時任務的疑惑已經被他拋開，此刻，謝亞鑲完全沉浸在興趣裡的模樣非常吸引他。

「只要有達到他們的要求，他們就不會反對。不過我為了晚上不要吵到家人，買了不少隔音棉回來裝，打工存的錢都快花光了。」謝亞鑲發出一聲長嘆，同時還摸摸自己的口袋。

「你很有想法，我有點意外。」張鯨太沒有多想就突然說出口，換來謝亞鑲一臉困惑。

「為什麼意外？學長，你這句話是什麼意思？」謝亞鑲皺著眉，隱約覺得自己好似被看輕了。

「呃、呃……我、我沒有別的意思，只是覺得……你看起來感覺只是在玩玩，但跟你每天相處下來，我知道你是很認真地在看待這個興趣。我生活在很嚴謹的家庭裡，所以對我來說，你所做的事情跟我有很大的不同。」張鯨太緊張地解釋著，看謝亞鑲只是安靜地注視著他，他又把剛才說過的話重複了一次。

直到謝亞鑲忍不住低頭笑出聲，張鯨太這才停下來，滿頭問號地看著他。

「怎、怎麼了？」看謝亞鑲笑個不停，張鯨太似乎也被感染了情緒，跟著稍稍勾起嘴角。

「我只是覺得，學長的外表跟個性完全不一樣。以前還聽說過你曾一個人跟十幾個隔壁縣市的高中混混單挑的傳聞，但看你現在這樣，完全不像是會做這種事的人，反而比傳聞中要溫柔貼心許多。」

「這到底是什麼奇怪的傳聞……我根本沒打過架啊。」張鯨太一臉困擾。雖然大家都因為他的外表，對他有很多想像，但說他一人單挑十幾個混混未免也太誇張了吧？

「我以後只要有機會，一定會幫你澄清。」謝亞鑲拍拍他的肩膀，用憐憫的目光說道。

張鯨太則回應他一個無奈的苦笑，並輕聲道謝。

此時兩人已經抵達返家方向的公車站，要搭乘的公車班次很快就從遠處駛來。直到走到社區的正門前，他們才互相道別。

而在雙方離開數十公尺的時候，兩人的手機又同時震動了下。他們很有默契地停下腳步，掏出手機檢查。

「臨時任務完成，好感度上升，建議再接再厲。」

張鯨太與謝亞鑲雙雙鬆了口氣，並決定忽視最後那句話。

他們的目標始終一致，就是不要讓惡運降臨。至於這個ＡＰＰ最初的本意——要讓張鯨太找到喜歡的對象一事，早就被兩人拋到腦後了。

雖然如此，張鯨太也不是沒有收穫。打從那天聽過「尷尬小吉他」的歌聲後，他就成了每天晚上收看直播的忠實觀眾，如今知道了對方的真實身分，他也因此產生了更深的好感。

尷尬小吉他開直播的時間很固定，通常都是晚上十點半至十二點半之間，每次五十分鐘至一個小時不等，碰到週末假日就會開兩個小時，過程幾乎不說話，只愛彈彈唱唱，也曾經只彈奏吉他，沒有發出聲音。張鯨太使用的暱稱「大鯨魚」成了這個直播間裡唯一的觀眾，兩人好像漸漸成為介於朋友與支持者之間的微妙關係，張鯨太也換了稱呼，雙方開始以「大鯨魚」與「小吉他」互稱。

今天的直播約在十一點整就開了。畫面中只有開一盞小燈，尷尬小吉他的雙手正摸著吉他，輕輕撥弄和弦。

今天小吉他的心情不錯，一連哼唱了幾首輕快的歌曲。但就在唱完第五首歌後，他突然發出失落的嘆息。

躺在床上的張鯨太連忙按著手機的鍵盤，詢問對方：**「發生什麼事了嗎？」**

小吉他馬上就看見聊天室的訊息，立刻清清喉嚨說：**「還好啦！最近遇到一些很莫名其妙的事，總覺得想快點解決，但是偶爾又覺得沒那麼困擾。」**

張鯨太心裡馬上有底，知道對方指的大概是被綁定做任務的事情。他想了想，很快回覆：**「那就是有困擾，想必不太好受吧？」**

小吉他讀完訊息，馬上搖手說：**「其實也還好，該怎麼說呢……雖然是被迫的關係，但我也沒那麼討厭對方，甚至覺得……」**

他這番回應遲遲沒把話說完，讓張鯨太等得有些心急，只好用文字催問：**「覺得什麼？」**

「說起來有點尷尬，但是我最近覺得跟對方有點進展好像也可以接受？只是對方大概不想吧……」

張鯨太聽到他的回答，不禁倒抽一口氣。思考許久後，他試圖確認更多，便問道：**「什麼進展？交往的意思嗎？」**

小吉他看到回覆，立刻說：**「嗯，就跟談戀愛一樣。」**

張鯨太這下再也無法冷靜了。他馬上坐起身來，又回覆道：**「真的嗎？我認為……你要多想一下，因為你說你是被迫的關係，別勉強自己了。」**

他出自本能地想阻止謝亞鑲，畢竟現在的他可一點也不想談戀愛，只希望能快點讓謝亞鑲擺脫這個令人困擾的現況，現在這些所謂的好感，可能都只會增加解任務的負擔。

所以，他必須全力阻止。

小吉他看著那行字，又安靜了許久，才說道：**「你說得沒錯，我會再想得更清楚點。」**

說完這句話後，他又開始哼哼唱唱了好幾首歌，直到午夜十二點，才結束這場一對一的演唱會。

但就在直播結束前，張鯨太清楚地聽見小吉他說了這麼一句話。

「最近我開始覺得，談個戀愛好像也沒關係……」

小吉他說完後，就關掉了直播。張鯨太瞪著「直播結束」四個字許久，內心隱約感到不安，同時希望只是自己想太多罷了。

隔天一早，張鯨太的不安成真了。

打從遇見北善狐仙那一天後，他每天早上起床都會確認一次手機。每日任務出現的時間向來都很準時，早上六點就會有詳細通知，並有個倒數計時的欄位，期限都是直到當天的午夜零時為止。

張鯨太一邊刷牙，一邊抱著忐忑的心情點開手機，看著那顆白色半透明心型上冒出的小紅心，他手指有些抖地點開，然後在讀取訊息的那一秒，便喪失了語言能力。

幾秒鐘後，他才反應過來，重新讀了一次提示訊息。

「今日任務——親吻彼此臉部的任一位置。」

張鯨太瞪大雙眼，甚至感到呼吸困難，一時間不知道該怎麼辦。這時候的謝亞鑲估計還在睡夢之中，大概要一小時後才會知道今天的任務。張鯨太本想著要不要打電話叫醒對方，但……一想到得親吻謝亞鑲，他突然又想將這短暫的一小時當作逃避現實的空檔。

「真的假的啊……這ＡＰＰ會不會愈來愈過分了？」

儘管張鯨太的心情沉重，他還是照著自己的作息準備出門。而當他出發要前往公車站時，謝亞鑲突然打來了。

張鯨太遲疑了一會兒，才接起電話，試圖讓自己的語氣聽起來輕鬆點，「早安，學弟。」

「學長！你看了今天的任務嗎？」謝亞鑲的口吻裡充滿驚慌失措。

張鯨太是個不會掩飾自己的人，早就做好心理準備的他平靜地說道：「已經知道了。今天一樣要先在學校附近見面嗎？」

電話這一端，已經起床、還沒穿好制服、頭髮亂糟糟的謝亞鑲詫異地將手機拿遠看了一眼，還以為自己打錯人，確認無誤後又將耳朵貼回聽筒問道：「學長，你還好嗎？」

「我很好，已經在等公車了，等一下會提前兩站下車，在一樣的地點等你。」

張鯨太的回覆其實跟平常一樣，但不知道為什麼，謝亞鑲聽起來就覺得有點可疑。他冷靜一想，慌張也只是在浪費時間而已，於是輕聲答應了張鯨太。

兩人今天見面的時間比較早，張鯨太依然把自己打理得乾乾淨淨、整整齊齊，身上仍有那股淡淡的運動香水的氣味。

「學長，早安。」謝亞鑲倒是很疲憊地向張鯨太打招呼。大概是被今天的任務嚇壞，他連頭髮都沒整理就出門了。

「早，你感覺精神不太好。」張鯨太見他與平時不太一樣，難免有幾分憂心。

「當然不太好。一睜眼就看見這個鬼任務，我都差點把手機給砸了。」謝亞鑲拿出手機，再次點開ＡＰＰ裡的訊息欄位，想確認自己有沒有看錯。無奈大大的「親吻」二字就寫在上面，下方的惡運值雖然始終維持在零的數值，但是只要稍有不慎就會增加，一再地提醒他不能逃避任務。

「我們也只能面對了，真的很不好意思。不過我有想了一些方法，你要不要參考看看？」

張鯨太並非坐以待斃的人，雖然最初他也感到困擾，但很快他就想了許多方式，如何在「親吻」之餘不讓謝亞鑲感到難受。

「喔?學長有什麼好辦法?」謝亞鑲聽著他沉著的語氣，不知不覺也平靜下來。

「任務說『臉部任一位置』，所以我想了一下，最不會感到尷尬的位置，大概就是耳垂了吧?你覺得呢?」張鯨太指了指自己的耳垂，卻在這時發現謝亞鑲的右耳耳骨有個小小的銀環，認識數週以來，他還是第一次發現。

「對耶!任務是說臉部任一位置，學長真聰明!」謝亞鑲恍然大悟地猛點頭，鬆了口氣似的猛拍自己胸口，說道：「這樣我就安心多了，耳朵可以!學長，我們盡快處理吧，我先親你。」

「喔，好。」張鯨太也鬆了口氣。雖然謝亞鑲有時比較暴躁，但其實為人非常好說話，態度又大方，讓他愈來愈欣賞這個興趣與他相差十萬八千里的學弟。

「學長，你太高了，再蹲下來一點我才親得到。」謝亞鑲踮起腳尖，才發現張鯨太比他想像得還要高。

張鯨太順從地微蹲下身，將自己的耳朵湊到謝亞鑲的嘴邊。兩人之間的距離愈來愈近，他甚至可以清楚地感覺到對方的呼吸。

儘管兩人盡可能想出讓彼此不會尷尬的方式，可是當謝亞鑲的嘴唇碰觸到張鯨太的耳垂時，張鯨太還是忍不住渾身一顫。一陣溫軟的觸感盈滿他整個思緒，直到謝亞鑲已經離開，他仍全身都感到飄飄然。

謝亞鑲並沒有發現張鯨太的羞澀，連聲催促著，「學長，換你了!來。」

張鯨太循著指引的方向，雙手搭在謝亞鑲的肩膀上，輕聲地說：「抱歉，失禮了。」

「唉唷！沒什麼好失禮的，快點。」謝亞鑲根本不介意這麼親密的接觸。張鯨太猶豫幾秒後，才緩緩俯身，在謝亞鑲的右耳耳骨上落下親吻。

他的嘴唇同時也碰到了謝亞鑲的耳環，皮膚的溫度加上金屬的冰涼觸感，不知為何讓他感到一陣心跳加速。

謝亞鑲則是近距離地聞到了張鯨太身上運動香水的味道，他忍不住閉上了眼，說道：「學長，你身上總是有一股很清爽的香味，不會很濃烈，聞起來好舒服啊。」

張鯨太此時已經往後退開，回到了原本的位置。他感覺自己的臉頰莫名地發燙，忍不住摀著自己的臉，「還、還好啦！只是普通的爽身香水……」

「是嗎？我覺得很不錯，下次也推薦給我吧！」謝亞鑲說完，又拿出手機查看狀況，看到通知欄跳出「今日任務完成」的訊息，這才安下心來。

「學長，太好了！你的方法有效，不然今天可能是有史以來最尷尬的一次任務了。」謝亞鑲開心地將手機螢幕展示給張鯨太看。張鯨太也馬上拿出自己的手機確認，在看見同樣的訊息後，不禁也露出放鬆的笑意。

「太好了呢……」

然而，令張鯨太無法忽視的是，自己的心跳正在不斷加快。明明剛才那只是為了敷衍任務的親吻，為什麼他會一直念念不忘呢？太奇怪了……

「對啊！啊，時間也不早了，我先出發去學校了，學長再見！」謝亞鑲心情愉悅地向他道別後，就轉身離開了。

張鯨太則還留在原地，看著那抹揹著吉他的身影，精神有些恍惚。

他摸摸自己的嘴唇，低語：「嚴格說起來……剛剛好像是我的初吻？」

低著頭，這一切都讓張鯨太有些不安，因為他對剛才的親吻居然莫名地感到回味無窮，甚至……甚至想再來一次……

事實上，謝亞鑲也有相同的想法，只是他表現得並不明顯。

一直到中午吃飯時間，謝亞鑲都對上午張鯨太溫柔的親吻念念不忘。

「如果學長哪天真的談戀愛了，他的交往對象應該會挺幸福的，他感覺就是會很疼對方的類型……」

謝亞鑲開始思考自己是否也能做到這種程度，但想著想著，突然覺得自身有不少缺點必須改進。

不過，他的思緒很快就被一位同學給打斷了。

「謝亞鑲。」一名與他特別要好的男同學捧著便當來到他面前，抓了一把椅子坐下。

「幹嘛？」謝亞鑲回過神來，語氣有點衝，這位同學打斷了他的思考，讓他有點不開心。

「沒啊，只是想跟你聊聊。」同學問都不問，逕自夾起謝亞鑲便當裡面的菜開始嚼。

「要聊什麼？別又叫我幫你寫情歌！上次你拿去把一年級學妹，還被嘲笑歌詞，我信心都沒了。」謝亞鑲充滿防備地先發制人。

同學連忙搖搖手，「唉唷！不是要說這個啦，我下次也不敢這麼做了。」

「不然呢？你要幹嘛？」謝亞鑲也沒有過問半句話，就夾走對方便當盒裡的香腸片。

「我想問，你跟三年級的張鯨太學長什麼時候變這麼熟了？」

謝亞鑲一聽，立刻皺眉反問：「有嗎？」

「哪沒有？我已經好幾天都看到你跟張鯨太學長在附近的小巷子裡說話，今天更奇怪，還貼耳朵說悄悄話喔？你們關係也太好了吧。」

謝亞鑲臉頰立刻爆出一片紅暈。他從沒想過兩人躲得這麼隱密，居然還是被目擊到了。

「沒有吧，你別亂說。」謝亞鑲能做的就是努力否認。偏偏同學一點也不想放過他，還亮出手機展示給他看。

「還說沒有，我都看到了啊！還有拍下來耶。」

謝亞鑲定神一看，發現正好是張鯨太俯身親吻自己右耳的瞬間，但是因為角度與位置的關係，看起來就像是在自己耳邊說悄悄話。

「你看，我可沒亂說。」同學又把手機收好，問道：「你跟張鯨太學長居然可以這麼熟？你們在幹嘛啊？」

「我們……」眼見無法否認，謝亞鑲腦中一片混亂下，只能勉強擠出一個理由，「喔，因為學長知道我喜歡創作歌曲，就問我有沒有機會可以教他，他對這方面有點興趣的樣子。」

「是喔？」同學聳聳肩，接著問道：「你居然敢跟他說話啊？不覺得他看起來像是隨時會一拳揍扁你嗎？畢竟我們二年級也聽過不少他的傳聞，雖然不知道是不是真的，但是以他的體格，絕對能輕鬆辦到。」

「學長才沒你想得那麼恐怖，他其實很溫柔！」謝亞鑲想也不想地馬上反駁。若要論現在對張鯨太最瞭解的人，恐怕除了學長的家人之外，就是他了。

「是嗎？他都板著一張臉，很恐怖欸。」

「那是他天生的樣子……對他來說真的滿吃虧的。學長說其實那種時候他都在發呆，卻常常被誤會是在生氣，雖然一直覺得很困擾，但也懶得一直解釋……總之，他不是你想像得那樣啦！」

「喔……」同學緩慢地點點頭後，目光一直落在謝亞鑲身上。

「……幹嘛一直這樣看我？」謝亞鑲被盯得很不自在，不太開心地反問。

「只是覺得……你跟張鯨太學長好像比我想像中還要好，很像……」

「很像什麼？」謝亞鑲對於同學欲言又止的反應感到一絲不快，也有些緊張，口吻不怎麼客氣地追問。

「很像在替自己的男友辯駁那樣，不知道的話，我還以為你們在談戀愛。」

「才、才沒有！我們只是普通的學長學弟關係，只是最近比較有話聊，你別亂說！」謝亞鑲立刻反駁了好幾句。

同學沒察覺他的慌張，又自顧自地說下去：「是喔？但我還是覺得你敢跟他說話真不簡單，我在校內遇到他都是能避則避。」

「你這樣很以貌取人耶！張鯨太學長人真的不錯，這樣亂傳奇怪的謠言真的很過分。」謝亞鑲瞪著同學，替張鯨太抱不平。

「好啦，我沒證實就亂說，是我不對。」同學聳聳肩，自知理虧地說道。

「嗯。」謝亞鑲露出了滿意的笑容。

同學沉思地注視他數秒。

「說真的，你跟張鯨太學長突然這麼要好……是不是你喜歡他啊？」

謝亞鑲想也不想，立刻回道：「並沒有這回事。」

好不容易，亂哄哄的午餐時間結束了。但謝亞鑲卻沒想到，這個回答會換來有點麻煩的發展。

張鯨太在下午放學時，才發現手機上又冒出了小紅心。他心裡有點猶豫，但現況由不得他忽視，最終他還是乖乖點開了APP。

沒想到，映入眼簾的卻是讓他驚嚇萬分的消息。

「由於指定戀愛對象無提升好感，今日新增特殊任務加強好感——請在今日內完成一小時

以上的約會行為，至少前往兩個地點，並完成一張合照，即可完成此任務。請注意，此任務若在期限前未完成，惡運值將會提升至五十！」

張鯨太看著最後一行提醒，眼睛瞪得極大，抱怨道：「太過分了，提升太多了吧！如果沒做到，就等於我們過去三週的努力全白費了……為什麼會突然增加……」

他話才說到一半，謝亞鑲的電話馬上就打了過來。剛剛接通，他就聽到謝亞鑲情緒激動地大吼：**「學長！你看到了嗎？」**

張鯨太一時覺得耳朵有點痛，把手機拿開，等對方平靜下來後才將手機貼回耳朵旁，說：「看到了，所以今天是約會任務，你有空嗎？」

手機另一端的謝亞鑲安靜了許久，心想學長未免也太鎮定了，而且剛才說話的口吻好帥，讓他一度差點腿軟。

「有空……我今天沒有參加社團活動的心情，所以先離開了。」

「那好，我在校門口等你，我們處理掉這個任務吧。」

張鯨太平靜地交代完後，便點開手機的搜尋頁面，迅速找了幾個可以約會的地點。

整理好資料後，張鯨太便走回校門口，在等待的空檔間不禁失笑。

「太奇怪了……」他低著頭不停悶笑，怕被人看見，還用手擋著臉，用只有自己聽得見的音量低語：「我居然有點期待，還把之前珍藏的初戀約會路線都拿出來了……天啊，我該不會真的對學弟心動了吧？」

強制撩男

就在他快要陷入自我懷疑時，謝亞鑲的聲音由遠而近地傳來，打斷他的思緒。

「學長——抱歉讓你久等了。」

謝亞鑲來得很匆忙，揹著吉他袋的樣子似乎成了他的標準打扮，頭髮也有點亂，制服外套的衣領都翻開了。

張鯨太看了一眼，忍不住伸手替他順了順頭髮，又幫他整理好衣領。

謝亞鑲頓時呆住了。

「怎麼了？」張鯨太看他瞪著自己發呆的眼神，感到不解。

「沒、沒事。」謝亞鑲不想讓張鯨太知道自己現在的心情，卻一直忍不住伸手壓住胸口，因為他實在沒辦法控制自己的心跳愈跳愈快。

「喔？但是你的臉很紅，不會是身體不舒服吧？」張鯨太非常憂心地伸手摸摸他的額頭，認真地問道。

然而張鯨太這個舉動卻讓謝亞鑲猛地後退一大步，面露不安。

「沒、真的沒事啦！我只是今天比較忙……學長，我們快去解這個亂七八糟的任務吧。」

謝亞鑲伸手抹抹臉，集中好精神後才往前跨一步，重新面對張鯨太。

「嗯，我看了一下任務要求，要一起前往兩個以上的地點才算完成。」張鯨太認真讀完任務說明後，臉上的無奈也愈來愈明顯，「真是個折磨人的任務，對吧？」

「是、是啊……」謝亞鑲恍惚地點點頭。不知為何，他內心突然覺得此刻的張鯨太真的好帥，被學長喜歡的人真的會很幸福吧？

「走吧，我們先去第一個地點。」

張鯨太為了避免影響好感度，又考慮到兩人是被迫進行任務，所以一直與謝亞鑲並肩而行，盡量在不碰觸到謝亞鑲的情況下，保持兩人最親近的距離。

「學長要帶我去哪裡？」謝亞鑲轉過頭，又聞到熟悉的香水味道，很清爽，讓人感到心曠神怡。

「這時間……我知道有個好地方可以看夕陽，看完夕陽後，我再請你吃晚餐。那附近有一家很棒的小吃店，我想推薦給你吃看看。」

「聽起來真不錯，有點像約會又不太像，我挺喜歡的。」謝亞鑲點點頭，完全能接受這個行程。

「嗯，那裡離學校很近，在下個路口右轉就會到了。」張鯨太指著前方說道。

「喔？居然這麼近？」謝亞鑲的確感到意外，這條路對他來說是還算熟悉的路段，實在無法想像居然能與約會扯上關係。

張鯨太看謝亞鑲一臉驚訝，心裡很是滿意。在想像中，他帶某個人去那個地點約會時，就是希望看到這種反應。

雖然兩人是陰錯陽差才變成這種奇特的關係，但是他非常享受對方不吝嗇的回應。

張鯨太帶著謝亞鑲在一棟十層樓高的大樓前停下，與裡頭的保全熟稔地打過招呼後，就帶著謝亞鑲進電梯上樓，來到九樓。

「完全想不到這裡會跟看夕陽有關啊……」謝亞鑲愈發困惑，因為這裡看起來就像是普通的商用辦公大樓，左右兩邊還掛著不同公司行號的招牌，與穿著高中制服的他們顯得格格不入。

「很多人也想不到。」張鯨太微微一笑，帶他來到走廊最尾端，推開鐵門，後面就是逃生梯。

謝亞鑲就這樣茫然地看著張鯨太推開窗戶，然後一個黃澄澄、像顆蛋黃一樣的夕陽，就這麼帶著漫天雲彩，出現在他們面前。

這扇窗的地理位置很好，剛好沒有被任何高樓大廈擋住，因此能看到一整片寬闊的天空，以及完整又漂亮的夕陽。

兩個人的臉上都染上昏黃的光彩，此時已經過了陽光最刺眼的時刻，因此能好好地欣賞眼前的風景。

「學長，你怎麼會知道這種地方？」謝亞鑲看得兩眼發直，夾著感嘆聲問道。

「這棟大樓裡有我爸認識的公司行號，我以前來過這裡做短期工讀，大概是在高一暑假的下午無意間發現的。當時的我就跟你現在的反應一樣。」張鯨太同樣看著那片風景，又忍不住轉頭偷偷觀察謝亞鑲的表情。嗯，一切都與他的想像相符，希望能讓喜歡的人看看這一切……

嗯？「喜歡」？

張鯨太突然意識到自己好像在想一些奇怪的事，連忙伸手擋住嘴，避免自己說出尷尬的話語。幸好謝亞鑲並沒有發現，仍舊專心地看著夕陽。

過了一會兒，謝亞鑲忽然想起他們正在解任務，連忙拿起手機說道：「學長，我們趕快先拍一張合照吧，不然惡運就要降臨了。」

「喔喔，對！」張鯨太想起還有這個任務條件，連忙站了過去。

兩人就以眼前的夕陽當背景，站在窗戶前拍照。負責掌控鏡頭的謝亞鑲顯然很常自拍，雖然有夕陽的逆光，但是在他的調整下，仍拍出了一張相當好看的照片。

也在這時，兩人的手機同時發出一樣的提示音。

他們不約而同地點進任務頁面檢查，發現這個折磨人的任務下方還有個進度條，上頭顯示「已達成百分之六十五」的提醒。也就是說，他們還得再做點什麼，才能滿足任務條件。

「真掃興，難得氣氛正好，但一看到這個該死的ＡＰＰ，就什麼都想起來了。」

謝亞鑲不太開心地抱怨，張鯨太認同地跟著點頭。兩人很有默契地抬頭互看一眼，又發出一樣的嘆息。

「去下一個地方吧，說好要請你吃晚餐，現在去剛剛好。」張鯨太輕拍他的肩膀安撫。

「讓學長破費了，謝謝你！」謝亞鑲也沒有拒絕，有人請吃飯顯然讓他非常開心。

於是兩人帶著還算輕鬆的心情離開商辦大樓，來到他們住的社區附近的巷弄裡，一間奇特的複合式小吃店。

張鯨太顯然與店家很熟，一進門打完招呼，就往最裡面的位置坐下。謝亞鑲坐定位後，便拿起桌上的菜單端詳，卻不禁露出困惑的表情。

上頭的菜色簡直是極致的異國美食大集合，但是整個店面卻像是尋常的小吃店。他剛剛本想著可以點個餛飩麵就不錯了，但菜單上竟然完全沒有他所想像的那些菜，倒是平常常吃的漢堡、義大利麵等都有。

「這到底是什麼樣的店……感覺應該是賣滷味、麵食的地方才對啊？」謝亞鑲抬頭看了下四周裝潢，又看了菜單一眼，再抬起頭時，困惑的眼神正好對上張鯨太那張微笑的臉。

「我第一次來也是跟你一樣的反應，但是老闆真的就賣這些，心情好時還會有菜單上沒有的料理喔。」

張鯨太說完，便舉起手，把老闆召喚到桌邊。老闆是名中年男子，體格偏瘦，留著短鬍子，還有一張大眾臉，不是個會讓人有深刻記憶的人。

「老闆，今天有『獨家料理』嗎？」張鯨太邊問邊在飲料欄位上寫了「可樂」，這也是菜單上沒有的東西。謝亞鑲在一旁看著覺得很有趣，也跟著這樣點了。

「有啊！今天有炸豬排飯跟溏心蛋。」老闆笑嘻嘻地回道。

「好，那我就要這兩個，還要一杯可樂。」張鯨太說完，望向謝亞鑲，問道：「學弟你呢？決定好要吃什麼了嗎？」

「我跟學長都一樣就好了。」謝亞鑲很果斷地將菜單送回老闆手上。照著對方點，自己就不用煩惱了。

「好喔，你們稍等。」短鬍子老闆接過菜單就去忙了。

這段時間，關係已經很融洽的兩人開始閒聊著各樣瑣事。

「學長怎麼會知道這間店啊？」謝亞鑲端著剛上桌的可樂慢慢喝著，一邊問道。

「這個嘛……就有一天家裡沒人，我肚子餓想找點東西吃，不經意發現的。雖然剛進來時我也覺得很怪，但東西都很好吃，後來我就變常客了。」

「這裡很難發現啊……我也住這一帶這麼久，還是第一次知道有這間店。」謝亞鑲滿臉新奇地看著四周感嘆。

「就是因為很特別，所以我以前就想，如果哪一天有喜歡的人，我一定會帶他來看看。」

「喔……喜歡的人……」謝亞鑲突然身體一僵，意識到自己心裡有某種怪怪的念頭逐漸湧起。

「啊、對……呃，抱歉。」張鯨太也發現自己好像說錯了話。

四周瀰漫著一陣尷尬，幸好這時餐點剛好上桌，兩人也就停止了交談，專心吃飯。

直到他們又同時收到了提示鈴聲，才再次有默契地拿出手機檢查。

「約會任務達成！雙方好感度增加百分之三十。」

這個訊息讓兩人都鬆了口氣。

「太好了、太好了！」謝亞鑲放下筷子，抓著張鯨太的手開心地喊著。

「是啊！幸好解決了。」張鯨太笑得溫柔。

看到他的笑容，謝亞鑲突然愣住了幾秒，然後尷尬地收回手。

「怎麼了？」張鯨太沒忽略他表情快速變化的瞬間，有些困惑地問道。

「沒……沒事，只是跟學長一樣，覺得事情能解決真是太好了。」

謝亞鑲說完，便開始低頭猛吃，深怕被對方發現自己的異狀。剛剛那一剎那，他完全無法控制突然而起的心動感，臉頰發燙，耳朵發紅。

他實在無法說出口，帶他完成約會任務的張鯨太真的很帥，尤其是剛才露出的那種溫柔笑容，完全是會讓人淪陷的表情。

謝亞鑲充分感受到，這個人在那般凶狠嚴肅的外表下，有著令人著迷的溫柔特質……若是被張鯨太深愛著，一定會很幸福。

但這些，謝亞鑲都不敢輕易說出口，且對於自己這種奇怪的心情，他也感到慌亂不已。

第三章

強制撩男

當天晚上，已經養成習慣，在睡前會看尷尬小吉他演奏直播的張鯨太，正躺在床上聆聽今天的內容。

但是他隱約感覺得出，今晚的謝亞鑲有點不太對勁，經常唱不到兩三句就會停下來，還發出幾聲嘆息。

於是張鯨太忍不住在聊天室裡發問：**「小吉他今天狀況不太對呢……是身體不舒服嗎？不要太勉強自己了喔。」**

謝亞鑲一看到他的訊息，立刻停下手，帶著幾分苦惱的語氣說道：**「嗯，身體沒有不舒服，只是……最近怪事太多，讓我心情一直很不安穩。」**

張鯨太安靜幾秒，知道他說的怪事指的就是那個詭異的ＡＰＰ。看謝亞鑲無奈的樣子，果然在努力配合之餘，也積累了不少壓力吧？

【大鯨魚】：「怎麼不安穩呢？是睡不好？還是有人讓你感到不舒服？」

訊息發出後，張鯨太的心情難免有些急躁，就怕謝亞鑲是在勉強配合他，久而久之就會愈來愈討厭他。

謝亞鑲看到訊息後，嘆息聲更大了，遲疑了許久才說：**「沒有不舒服，但老是覺得有點對不起對方。該怎麼說呢……總之因為一些莫名其妙的原因，被迫跟一個本來不太熟的人變成朋**

友。但……他跟我以前聽過的傳聞不太一樣，相處之後，我才發現原來他是這麼好的人，就算受牽連遇到一堆奇怪的狀況，他也都能好好地處理好。這麼好的人……怎麼會被迫跟我扯上關係呢？」

張鯨太聽完他的苦惱後，慢慢地敲打文字回道：「你跟對方相處得不舒服嗎？」

「沒有喔！反而很舒服。我只是覺得……為什麼是我呢？而且，事情愈來愈奇怪了，我實在是……很怕再這樣下去，會真的喜歡上對方。」

張鯨太聽到這句話後，心跳莫名地加速。而更讓他感到驚訝的是，他居然……完全不反感這個回答。

他恍惚了一陣子後，才憑著本能回道：「就順其自然地相處吧，相處得舒服表示對方也不討厭你，所以你別感到不安，也別感到抱歉，對方說不定……也跟你有相似的想法。」

謝亞鑲盯著他的回答，足足安靜了好幾秒，才又開口：「剛剛一瞬間，我還以為你就是『他』，這個回答很像那個人會說的。」

張鯨太頓時嚇了一跳，怕身分暴露，急忙解釋，「我只是按常理推斷而已，我並不認識你說的那個人。」

謝亞鑲看完，忍不住輕笑，「說得也對，哪有這麼巧的事？況且我從來沒讓那個人知道我喜歡開直播的事……」

謝亞鑲聊完天，心情似乎好轉了許多，撥弄一下吉他弦後又說：「我等一下就要睡了，結

束之前，再為你唱你第一次點的那首歌吧。」

謝亞鑲還記得大鯨魚點的那首情歌，或許是這幾週以來的心境變化，讓他唱起來感情特別不同，多了幾分為誰掛心的深沉情緒。張鯨太就這樣聽著、聽著，慢慢入睡，連謝亞鑲下線前的道別都沒聽見。

這個晚上，他安恬地做了一個好夢。

隔天一早，張鯨太照慣例，一邊刷牙一邊檢查手機上的通知，然而今天卻反常地沒有任何任務提醒。

沒見到那顆小紅心，他反而感到非常不安。

「有點……可怕啊。」張鯨太想了想，還是傳了訊息給謝亞鑲，提醒他要注意任務通知。不過顯然對方還在睡覺，訊息並沒有顯示已讀。

張鯨太雖然覺得不太對，但日子還是得過，例如現在就適合享用一頓好吃的早餐，來平緩內心的情緒。

他媽媽的廚藝很好，一方面是職業關係，一方面是她的樂趣。像今天的早餐就是豐盛的西式餐點，據說這是她第一次嘗試，但張鯨太仍覺得非常好吃。

「你喜歡就好，不過分量我沒拿捏好，這些又不能放超過一天，可怎麼辦呢？」

張鯨太邊吃著早餐，邊看媽媽苦惱的樣子，靈光一閃，便說道：「媽，不如我帶一份去學校吧！我有個朋友可以幫忙吃。」

張媽媽一聽，立刻點頭答應，「好啊！鯨太，謝謝你啊。」

張鯨太就這樣獲得了一份包裝精緻的餐盒。當然，這份早餐的主人就是謝亞鑲。

雖然今天沒有任務，他們還是照例在學校附近的小巷子見面。謝亞鑲的精神還不錯，但對於沒任務通知，他也感到了一絲不安。

「謝謝學長的早餐。」謝亞鑲聞到食物的香味，稍微憂愁的眉心也舒展開來了。

「別客氣，我媽多做了一些，要有人幫她吃才行。而且……我沒猜錯的話，你應該沒有吃早餐的習慣吧？」張鯨太溫和地笑著，讓謝亞鑲覺得這個人真的很溫柔，意識都隨之有點飄飄然。

「學長連這種事情都猜得到，為什麼會沒人要啊？」謝亞鑲說著，掀開了保鮮盒，發現裡頭是媲美店面販售的三明治跟沙拉，不禁感到肚子餓了。

面對他的疑問，張鯨太只能苦笑。沒想到此時兩人的手機卻同時響起提示音。

「怎麼會在這時候……」謝亞鑲心裡湧起不太好的預感，張鯨太亦是。兩人很有默契地互看一眼，謝亞鑲才說道：「學長，我們一起看看是什麼任務吧。」

「好。」張鯨太也很緊張，與謝亞鑲同時拿出手機，點開訊息通知，那顆罪惡的小紅心馬上化為幾行文字。

「感情升溫任務——即日起與對方進行同居生活三日，加強雙方好感度，達成後可免去

三天的每日任務。請注意，若沒有達成此任務，每日任務將會變為雙倍分量，惡運值將提升七十。」

謝亞鑲臉色鐵青地讀完訊息後，渾身氣到發抖，看著茫然不安的張鯨太低語：「學長，這個任務太過分了……根本就是強制執行！」

「的確很過分，而且比起每日任務更困難，居然要我們同居？」張鯨太頓時感到很困擾。然而謝亞鑲比他更慌張。

「我們能去哪裡同居？我家太小，房間也根本沒辦法多擠一個人，更何況是要住三天……怎麼辦？」謝亞鑲近乎絕望地看著手機，已經有心理準備要接受惡運懲罰了。

張鯨太沉默幾秒後，說道：「住我家吧！我的房間空間夠，爸媽性格也比較外放，很歡迎有人拜訪，只要編個合理的理由，我媽還會包吃包住包洗衣服。不過前提是你得有禮貌，我爸媽喜歡有禮節的孩子。」

張鯨太的說詞讓謝亞鑲頓時得到解脫，原本憂慮的模樣也消失殆盡。

「學長，你人真好！沒有你我該怎麼辦啊……」謝亞鑲攀著他的肩膀感激地說。

張鯨太面露苦笑道：「說到底，你會扯進這件事也是我害的，我當然得幫你想辦法才行啊……但是你爸媽會同意你在別人家過夜嗎？」

「啊、這點沒問題，我口頭說一下就好。」

「好，那今天開始就來我家過夜吧！剛好明後兩天是週末，不用去學校，就說你來找我補習也行。」

張鯨太很快就幫忙安排好後面的行程，已經對他十足信任的謝亞鑲只有用力點頭的份，張鯨太說什麼都連連答應。

「這樣的話，傍晚我去你家接你。」張鯨太看著規定的進校時間就快到了，簡短交代完其他事情後，兩人又各自分開進學校。

謝亞鑲一直到放學回家整理行李時，才終於意識到要跟對方共處整整三天，可能會有多尷尬與不安。更讓他苦惱的是，這麼一來，他每天都會開的直播就必須暫停了。

「為了避免惡運降臨，只能忍痛請假了。」

謝亞鑲依依不捨地拿起手機，在頻道上留下「因有私事，請假三天」的訊息。當然他也知道，自己「尷尬小吉他」的頻道始終都只有一位固定觀眾，所以這則通知就是寫給那位已經陪伴他度過數十個夜晚的大鯨魚看的。

而已經在他家附近等待的張鯨太，也正在滑著手機打發時間，正好看到了這則請假的通知訊息。

「可惜了，平常喜歡睡前聽他唱歌的習慣也得暫停了……」張鯨太無奈地嘆息著。

這時候謝亞鑲已經整理好行李，揹著有點重量的後背包，手提著吉他袋，顯然還是放不下喜歡彈彈唱唱的樂趣。

「學長，你家……可以讓我偶爾摸一下吉他嗎？」謝亞鑲露出哀求的狗狗眼神，讓張鯨太頓時招架無力。

「白天可以，晚上的話，我爸媽比較早睡，一點動靜都可能會吵到他們，只能請你忍一下了。」但張鯨太還是保有一絲理智，儘管他覺得剛才的謝亞鑲很可愛。

「可以可以，這樣就夠了！學長，我已經跟家人報備過了，我們直接去你家吧。」謝亞鑲對於凡事都能為他找到解套方法的張鯨太，已經有滿到快爆錶的好感度了。

就這樣，兩人被迫展開為期三天的同居生活。幸虧張家的人都很歡迎謝亞鑲，所以一切都進行得很順利。

「我的房間有點亂，你別見怪。」張鯨太的房間在走廊末端，謝亞鑲順著他推門的動作一窺臥房內，不禁挑挑眉。

「學長，你這樣叫做亂的話，我的房間就是垃圾堆了。」謝亞鑲跟著他進房間，關上門，看向摺得方方正正的棉被、書架上排列有序的物品，以及整齊放置的衣服，不禁感嘆。這整間房內若要說亂的地方，大概也就是書桌上散亂的幾本書與幾枝筆而已。

「沒這麼誇張啦！你先坐一下，不介意打地鋪吧？」張鯨太用手比劃一個位置，「我家有充氣床墊，放這裡剛剛好，應該不會難睡。」

「可以，學長隨意就行。」謝亞鑲已經是什麼都好的狀態，只要能避免惡運降臨就好。

於是，在張鯨太的細心安排下，兩人展開了同居任務。再加上張家雙親非常好客，招待的晚餐相當豐盛，讓謝亞鑲心裡感到很安心。

然而，熱絡的氣氛在兩人不得不回房獨處的時候終結了。喜歡在夜裡彈彈唱唱的謝亞鑲坐在已經安置好的床墊上，逐漸感到無聊。

張鯨太是高三生，正面臨重要的大考階段，因此這時候正在書桌前認真地溫習課業。謝亞鑲看著他埋首讀書的身影，就怕吵到對方，乾脆戴上耳機自己找影片看，來打發時間。

或許是真的太無聊，也可能是影片正好在演唱他喜歡的曲目，謝亞鑲看著看著，便渾然忘我地跟著哼起歌。

原本在專心解數學題的張鯨太聽到歌聲，頓時心頭一動，想起平常這時候都會觀看對方的直播，不禁瞇起眼睛仔細聆聽。

「你的歌聲很好聽。」張鯨太一時聽得太入迷，忍不住開口說道。

謝亞鑲則像是被嚇到一樣，立刻閉上了嘴，一臉尷尬地望著張鯨太的背影。因為他沉默太久，張鯨太疑惑地轉過頭，兩人頓時四目相接，不知為何，氣氛有些尷尬。

「怎麼了？」張鯨太不明白謝亞鑲驚嚇的原因為何，他下意識地摸摸自己的臉，是不是又不小心擺出生人勿近的表情了？

「沒、沒事，我打擾到學長唸書了？」謝亞鑲遲疑地開口。

「沒有啊，我還滿習慣邊聽音樂邊唸書，你隨意。」張鯨太試圖消除掉不斷增生的尷尬感，丟下這句話後，就戴起耳機專心唸書，打算留一點空間給謝亞鑲。

謝亞鑲馬上就感受到他的體貼，偷偷地拍拍胸口，心情總算平靜下來。現在時間是十一點整，按照往昔，他大概已經準備開直播了，但如今為了那個該死的任務，他什麼也不能做，加上張鯨太又是考生，他更不能打擾對方。

最終，他只得躺回床舖上，舉著手機看影片，偶爾分神看看張鯨太寬闊的背影。這時他才意識到，這個學長真的好高、好壯，可是興趣卻與外表完全不搭。

謝亞鑲又看看書桌隔壁的書架，架上都是些他不會看的文學書籍。在這段時間，他也不是沒調查過關於張鯨太的種種——明明一副運動健將的身材，卻是文藝社的社長，還是歷屆文藝社裡閱讀量最廣的人，兼之成績優秀，細心負責，還可能考上非常前段的國立大學，老師們都對他寄予厚望。

一個活生生的資優生就在自己面前，但兩人現在卻被奇怪的任務所困……謝亞鑲忍不住又嘆了口氣。他也是，要不是有《真實戀愛人生》這個怪ＡＰＰ，他現在就能開心地迎接週末，開直播彈彈唱唱了。

他滿腦子都在吶喊著太無聊，加上氣氛很令人放鬆，伴隨著張鯨太臥房內一股清爽的森林香味，睡意很快就找上門。大約五秒之後，手機從他的手裡鬆脫，眼皮漸漸變得沉重，他整個人都舒服地陷入睡眠中。

張鯨太是在一個小時後拆下耳機時，才發現對方已經睡著了，因為謝亞鑲的打呼聲實在相當……不客氣。

「睡得真熟啊，這傢伙。」他將房間的燈光調整為夜燈模式，蹲在床墊旁看著謝亞鑲，

「而且打呼聲有夠大，是不是有鼻炎問題？」

張鯨太有些擔心，不知道自己今晚睡不睡得著？但他也有點在乎對方的健康狀況。

「平常說話鼻音也滿重的，早上見面老是打噴嚏，嗯……等明天起床，提醒他去看一下耳鼻喉科好了。」張鯨太自言自語罷，又盯著對方許久，用極小的音量說：「可惜了，今天聽不到你的直播，我的樂趣就被這個奇怪的同居任務打斷了。」

謝亞鑲似乎有聽見他的低語，含糊地說了幾聲夢話，還翻過身將自己縮成一團，順便把被子踢開。

「睡相也不好啊……」張鯨太伸手替他調整好被子，盯著謝亞鑲比平常還要稚氣的樣子，居然就這樣盯了五分鐘才回過神，意識到自己在幹嘛。

「我的天，我在幹什麼？」張鯨太馬上伸手掩住臉，迅速地躲回自己的被窩裡，呼吸與心跳都變得特別快。

「我居然盯著他的臉這麼久？未免也太糟糕了……對學弟太抱歉了。」

張鯨太翻過身背對著謝亞鑲，用雙手摀住臉，彷彿能感覺到一股熱燙在全身流竄。他不明白這是怎麼回事，只能努力讓自己平靜下來。

就在他的情緒逐漸冷靜的時候，他又聽見了謝亞鑲的夢話。

「學長……張……鯨太……學長……你太帥了……」

張鯨太頓時瞪大眼睛，腦袋一片空白，很想問問謝亞鑲到底做了什麼夢。

而更令他難以置信的是，平常很好睡的他，竟然在這一夜徹底失眠了。

隔天一早，謝亞鑲仍受到張家雙親的熱情款待。因為恰逢假日，兩老還有自己的活動，弄好一頓豐盛早餐後就各自出了門，讓兩人意外有獨處的時間。

這個早上，謝亞鑲總覺得很不自在，因為張鯨太的神情不太好，有點像在鬱悶，又像在生氣。猶豫許久後，他決定試探著詢問。

「學長……我昨天是不是吵到你了？」

「嗯？沒有啊，為什麼這麼問？」張鯨太抬頭，一臉困惑地反問。

但是在對上謝亞鑲那雙好看、有朝氣的眼睛後，像是昨晚聽見的夢話突然重疊了，讓他有些不知所措地別過頭，遮住自己的臉。

「沒有的話，為什麼你看到我表情就怪怪的？而且臉色還不太好……」謝亞鑲見他嘴裡否認，反應卻像是在迴避，心裡相當不舒服。

「沒有，我只是因為昨天晚上看了些恐怖影片，有點自己嚇自己，所以沒睡好。」張鯨太為了不讓他察覺異狀，努力調適好狀態，總算維持住對方熟悉的淺淺笑意。

「哎？」但這個回答卻讓謝亞鑲感到很意外。他吃掉最後一口三明治，說道：「真看不出來學長會做這種事……你沒事睡前看恐怖片幹嘛？要我才不幹，我最怕這種東西了。」

「就……不小心點到的啦，我到現在都還有陰影。」張鯨太嘆口氣。雖然是他瞎掰的，但是就某種意義而言，自己昨晚冒出的念頭確實有點恐怖。

「這樣吧！學長，我們等一下一起打幾場遊戲，我幫你蓋掉那些記憶。」謝亞鑲拍拍自己的胸脯，自信地說。

可是他很快又想到對方是考生，苦惱地道：「啊、但學長還要準備考試吼？這樣好像會影響你讀書……」

「沒關係，適度的休息也很重要，況且我們現在還得解掉這個同居任務才行。我目前的複習進度還可以，就以增加好感度為優先吧，今天就不讀書了。」張鯨太安撫道。

「喔……好，那今天就這樣吧。」謝亞鑲看著張鯨太溫和的神情，有幾秒鐘看得入了迷，不禁心想每多認識這個人幾分，就會發現更多的優點，例如今天他才曉得什麼叫做善解人意。

後來，兩人在張鯨太的房間裡打了一上午遊戲，從運動到格鬥再到冒險，加上謝亞鑲聽張鯨太說，因為他不善與人溝通，幾乎沒玩過雙人對戰的模式，謝亞鑲便像是要替他補足這個缺憾般，挑了好幾款遊戲一起玩。

在遊戲過程中，他們的心態逐漸放鬆，想到好感度任務也不再那麼排斥了，兩人都覺得這段時光相當快樂。

然而，這美好的一切，卻在第三天結束時出現了小小的變化。

大約晚上六點的時候，兩人的手機同時收到任務完成的通知。此時他們正在吃張媽媽準備的茄汁義大利麵，看見訊息，不禁雙雙發出鬆了口氣的嘆息。

「學長，太好了呢！這樣就不會有惡運降臨了！而且這幾天跟你相處得超愉快，一點都不像是在解任務。」謝亞鑲開心地道。

「你太客氣了，畢竟是來做客，不能虧待你比較重要。」張鯨太神情輕鬆，心裡已經在盤算等一下一個人要做些什麼。他更希望今晚謝亞鑲能開直播，畢竟他太想念睡前聽對方唱歌入睡了。

「吼唷！學長人真的很好，為什麼都沒有人發現你的好呢？應該有更好的人配得上你才對，而不是在這邊跟我玩什麼奇怪的戀愛遊戲。那個奇怪的𨚗善狐仙到底在想什麼？」謝亞鑲大概是過於開心，一下子說了許多話，都是在替張鯨太抱不平。

然而張鯨太在認真傾聽的同時，心裡卻冒出一個想法。他忍不住打斷對方說道：「我覺得你也很好，別說什麼配不配得上，你也是個很好相處的人。我最近偶爾會想，因為這個奇怪的ＡＰＰ而認識你，大概是我最大的收穫。」

「唔……」謝亞鑲安靜了數秒，臉頰以極快的速度發紅。他覺得自己剛才好像被……示愛了？

「所以，別說這種話，你也很好的——」

「學長！你要小心！」謝亞鑲急得打斷了他的誇獎，驚慌地大喊。

「小、小心什麼？」張鯨太一時摸不著頭緒，以為又發生了多嚴重的事，跟著緊張起來。

「別假戲真做！我們只是為了解決任務才會做這些事，你要記得啊！」

「喔……喔……」張鯨太愣愣地點頭，但心裡某處總覺得不太對。

他想反駁謝亞鑲，卻因為對方堅定的態度而開不了口。

「要把這些心情留給你真正喜歡的人，學長，雖然我也覺得你是個很棒的人，但……請你記得，別假戲真做！」謝亞鑲再次強調。

「嗯……我明白了。」張鯨太又點了幾次頭，心裡多了一絲複雜的情緒。

兩人就這樣解決了同居任務，吃完晚餐後，張鯨太親自送謝亞鑲離開，才返回房間。

照理說，他現在的心情應該是感到如釋重負才對，但是一想起剛才謝亞鑲的反應，他心裡就相當失落。

「別假戲真做啊……」張鯨太愈想愈鬱悶，將自己埋進棉被裡，發出重重的嘆息，悶聲地說：「我才覺得好像跟學弟試試看也不錯說……看來他只想當朋友，怎麼感覺好難過呢……」

張鯨太真的很失落，但這樣的心情卻無法傳達給對方知道，因為他不想搞砸兩人友好的關係。

只是，他不曉得這種心情，竟然會影響到《真實戀愛人生》的程式判定。

「因為心意相左，雙方好感度各下降百分之十。」

解決完同居任務的隔天早上，兩人在巷弄見面時，突然收到這則通知。

「為什麼下降了？我們昨天不是做得很好嗎？心意相左？什麼意思啊？」謝亞鑲憤恨不平

地瞪著手機罵道。

張鯨太隱約覺得這大概跟自己昨晚的心情有關，但是看對方這麼生氣，他反而更不好坦白了。

「而且今天的每日任務也還沒出現，真可怕——那個狐仙該不會又想整我們了吧？」謝亞鑲的心情愈來愈惡劣。張鯨太正想出聲安撫時，手機又傳來提示鈴響。

「喔！來了，看看祂又想怎麼折磨我們。」謝亞鑲的情緒很差，不想面對任務。張鯨太一邊輕聲安撫他，一邊主動拿起手機，想看清楚任務說明。

然而，當他看完說明後，臉色卻變得相當古怪。

謝亞鑲覺得很不妙，也跟著掏出手機確認。

「萬人迷事件發生——張鯨太突然大受歡迎，並有被他人搶走的危機！如果不在期限內解決，惡運值將會提升至九十九。解決辦法：兩人需嘴對嘴接吻提高好感度，時間限制三十六小時內。」

兩人頓時都陷入了沉默。

這是他們目前遇過最困難的任務，沒有人說話，似乎雙方都在逃避現實，張鯨太也沒了過往遊刃有餘的態度，腦袋一片空白。

「……學長。」謝亞鑲帶著凝重的語氣打破沉默。

「嗯？」

「我們現在有辦法找到那個北善狐仙嗎？」謝亞鑲氣得露出奇怪的扭曲笑容，那是張鯨太不曾見過的詭異表情。

「如果找得到就好了……」張鯨太很無奈。這段時間他也不是沒有試著尋找，但怎麼都無法再找到那間奇怪的小廟。

「真可惜，我現在超想把對方找出來，然後狠狠痛打一頓。」謝亞鑲握緊拳頭道。

張鯨太聽到他這麼說，嚇得趕緊伸手遮住他的嘴，「小心！別對祂不敬，萬一招來更麻煩的後果就糟了。」

謝亞鑲此時的眼神更加憤怒，但是理智告訴他張鯨太說得很有道理，畢竟對方是個來歷不明的神。

「居然要接吻？也不想想我們的意願，太過分了……」謝亞鑲的用詞雖然收斂許多，但對於新發佈的任務依然感到憤恨不平。

「這次我們就先做好心理準備吧！反正還有三十六個小時。」張鯨太顧及謝亞鑲的反感，並不打算馬上解決。當然，他自己也還沒有準備好。

「也好。」謝亞鑲點點頭，他向來都很信任張鯨太的判斷，甚至打算著就算到最後一刻，自己可能還是不會真的親嘴。

「你如果想解決，就跟我說，我配合你的時間。」張鯨太想了想，這種尷尬到快要人命的任務，自己還是當被動的一方比較好。

而謝亞鑲的表情也因此緩和許多。

「好。」他重重地嘆了口氣，「不過這個萬人迷事件是什麼意思？」

張鯨太琢磨很久也不明白，只能歪著頭表示，「我也不清楚。」

雙方就這樣滿頭困惑地先往學校前進。而這個疑問在數分鐘之後，就有了解答。

他們照慣例一前一後到校，因為這次張鯨太比較早進校門，他才跟巧遇的同學打完招呼，一名校內公認最可愛的學妹就出現在張鯨太面前。如果他沒記錯名字的話，對方應該是叫胡芊君，因為前一陣子班上有個男同學對她一見鍾情，鼓起勇氣告白，卻遭到拒絕，花了很長一段時間才療傷完畢。

這個學妹是個人見人愛的可愛女孩，也是張鯨太覺得與自己不同世界的人。

「請問……有什麼事嗎？」張鯨太小心翼翼地問，生怕自己的表情太凶，嚇跑了對方，還微微彎起嘴角。

「張學長，我是文藝社的幹部，因為我們下個禮拜想辦讀書心得分享會，聽說這個最早是由你發起的，所以想跟你約個時間請教活動流程。」

「喔、喔……是文藝社啊？我怎麼都沒遇過妳？」張鯨太一聽是自己過去手把手帶起的社團，眼睛都亮了起來。

「我是在你退出後才加入的，真可惜呢！張學長辦了很多不錯的活動，我很欣賞。」

「我沒妳說得這麼好啦……」張鯨太承受不住妹子的誇獎而臉紅了。

胡芊君對他露出更甜美的笑容。

「張學長很好的！是其他人不懂。我跟你約今天中午討論一下，可以嗎？」

「喔，好。」張鯨太有一瞬間被她的甜笑吸引了，兩人約了時間地點後，就各自離開。

在後頭看完全程的謝亞鑲並沒有出聲，但是心裡隱約感到不安。

而在他還沒找到不安的心情從何而來之前，剛走進校舍走廊的張鯨太又被一位同年級的女性叫住了。這次是為了同屆的相關活動來找他商量，接下來，還有其他年級的男女都特別來找張鯨太，一直到中午以前，居然有足足七個學生搶著約他討論事情。

張鯨太好不容易覓得空檔，掐指一算，才發現今天的行程很滿，連晚餐時間都被訂走了。

而這些，身為二年級、人在不同校舍的謝亞鑲都不知情。

謝亞鑲打從早上知道這個亂七八糟的事件跟任務後，心情一直不怎麼好。他完全無法想像自己與張鯨太嘴對嘴接吻的樣子，就算他心裡認為學長人很好，也從沒想過要對學長做這種事。

他愈想愈煩惱，於是趁著別人不注意，偷偷拿起手機，剛好看到新的通知訊息跳出。

他直接點開確認。

「萬人迷事件發生中！張鯨太大受歡迎，好感度下降百分之十五。」

謝亞鑲馬上點開數值，眼睜睜地看著他與張鯨太努力培養的好感正在消失，心裡非常不高興。

而那個惱人的萬人迷事件還在不斷地更新進度。

「大受歡迎的張鯨太目前有七個人邀約！」

「大受歡迎的張鯨太被部分對象發現優點，與你的好感度下降百分之五。」

「大受歡迎的張鯨太行程爆滿，今晚晚餐有約會，與你的好感度下降百分之五。」

這些提示彷彿在催促他必須快點動手。於是直到放學時間來臨，謝亞鑲看著好感度愈來愈低，終於忍不住在沒有知會張鯨太的狀況下，前往三年級的教室找人。

由於已經是放學時間，走廊與教室已經沒有多少人了，他也不需要過於拘謹。本想著應該可以順利見到張鯨太，沒料到他才一到對方的教室門口，就撞見極為曖昧的一幕——

胡芊君的眼神帶著滿滿喜悅，坐在張鯨太面前說話，桌上擺著兩人的筆記本。謝亞鑲悄悄躲到門邊，聽對話顯然是在討論文藝社的活動。

謝亞鑲就這樣安靜地看了許久。

從對話中，他聽得出張鯨太對文藝社的熱愛，對自己所讀過的書籍也有很深刻的見解。而胡芊君除了讚賞、應和以外，眼裡還帶著一絲愛慕的情緒。

謝亞鑲沒錯過這一刻。

他又偷偷拿起手機，看著任務欄。此時距離接吻任務結束，還有一天以上的時間，但是他覺得不應該再拖下去了。

除了擔心不斷下降的好感度以外，他更擔心的是，學長好像快被搶走了。

「……我不能坐視不管。」

謝亞鑲低聲說完，便不顧他們交談甚歡的氣氛，頂著一張陰寒的臉色來到兩人面前。

「張鯨太學長，我有事找你。」謝亞鑲的表情與聲音都散發著一股寒氣，讓坐在課桌旁的兩人瞬間噤聲。

「方便嗎？很急的事，我現在想找你單獨討論。」謝亞鑲冷冷地看了胡芊君一眼。就算對方是校內最受歡迎的女同學，就算她那雙眼睛可愛又充滿朝氣，他也毫無感覺，他現在眼中就只有一臉茫然的張鯨太。

「喔？現在嗎？」張鯨太不懂他冷得快結冰的態度是怎麼回事，下意識防備地問。

「是！而且恐怕要打斷兩位的討論，我需要學長把接下來所有的空檔都留給我。」謝亞鑲又補了這句，當然，也是因為他看了一整天的萬人迷事件進度通知，他的語氣很是焦躁。

「啊、可是……我都約好了，現在拒絕會對不起他們。」張鯨太為難地看著謝亞鑲，失約對他而言是很嚴重的事。

「但是『我們的事』也很重要，而且比這些約『還要重要』。」謝亞鑲加強了語氣，指了指手機。

張鯨太這才理解他的意思。

「學妹，不好意思，我們今天就先到這裡好了，我跟他有很重要的事要處理。」見胡芊君露出失望的表情，張鯨太又放柔語氣說道：「明天妳有空再來找我吧！我都會在教室。」

「好吧！先謝謝學長了。」胡芊君勉為其難地答應後，便起身收拾自己的東西離開。

教室裡終於只剩下兩人。謝亞鑲此時才鬆了口氣，說道：「學長，你跟我來。」

「喔，好。」張鯨太將書包揹起，跟在謝亞鑲後面走。

他隱約覺得學弟的心情很不好，思考著該怎麼安撫才好。而領路的謝亞鑲在經過一段長廊後，在兩人最初單獨交談的樓梯間停下。

「這裡不會有人經過，尤其是放學時間，就這裡吧。」

謝亞鑲平淡地說完，忽然伸手將張鯨太推到牆邊。

「要做什麼？」張鯨太也沒反抗，就這樣靠著牆壁，低頭問謝亞鑲。

每次這麼近距離地看謝亞鑲，他總有種這個人雖然個頭小小的，氣勢卻比自己大一截的想法。

「解任務啊。」

謝亞鑲說著，從書包裡摸出一顆薄荷口味的口香糖往嘴裡丟，快速地嚼了幾口後，就湊上前，一手勾住張鯨太的下顎。

因為身高的差異，他不得不稍微抬頭、踮起腳尖。

「解——」張鯨太還沒反應過來，就被一陣軟軟、溫溫的觸感堵住了嘴巴。

強烈的薄荷甜味襲來，他瞬間無法思考。

——謝亞鑲突然湊了上來，壓住他的嘴唇，大約停留了三秒才退後。

雖然是強吻的那一方，謝亞鑲臉上的神情卻相當凝重。

「好了，這樣應該就可以了……」他忍不住摸摸自己的嘴唇，心裡雖然不討厭，卻仍感到相當彆扭。

他避開張鯨太的注視，拿起手機確認任務狀況。畫面一解鎖，果然看到《真實戀愛人生》又冒出了小紅心，點開ＡＰＰ，令他滿意的結果出現在螢幕上。

「萬人迷事件解除，嘴對嘴任務完成，好感度上升百分之七十。」

謝亞鑲看著原本崩落到百分之十五的好感度突然爆衝近滿分，這才徹底安下心來。

而張鯨太則還沒回過神，一臉呆滯地看著他。

「學長，抱歉，沒先通知你……總之，任務完成了。」謝亞鑲依然不敢看他，晃了晃手機，試圖讓氣氛不那麼尷尬。

「我的……初吻。」張鯨太唯一能擠出的話語只有這句。

謝亞鑲聽到後，臉上隨即炸出一朵紅暈。

「我、我也是啦！我們只是解任務，你……你就當作被蚊子叮好了。」

謝亞鑲說完這句話後，就抓緊身上的書包肩帶與吉他袋，匆匆地跑了。

而被拋下的張鯨太呆站在樓梯間，足足花了十分鐘才回神。

第四章

被謝亞鑲吻過後，張鯨太已經忘記自己是怎麼到家的。

他整個人像是靈魂被抽走、思考能力中斷一般，就連溫習課業也做不到，整個人無神地躺在床上發呆。

「啊……初吻啊……」張鯨太摸著嘴唇，一直忘不了那種觸感，直到手機設定的鬧鈴響起，才打斷他的思緒。

現在時間是晚上十一點，謝亞鑲的直播應該開場了。平時張鯨太都當作是睡前放鬆的樂趣，今天不知為何，心裡深處有那麼一點緊張。

三分鐘後，謝亞鑲的「尷尬小吉他」直播開始。他依然只露出那雙手，以及吉他，比起時下流行的風格顯得樸素許多。

謝亞鑲習慣開場時會胡亂彈著和弦，沒有曲名、節奏忽快忽慢地彈奏。

「大鯨魚，今天你也在啊？」謝亞鑲看見直播觀看人數顯示「1位」，馬上知道是誰，心裡有幾分安慰地招呼。

張鯨太遲疑了數秒才回覆，**「是啊，習慣聽你唱歌了。」**

「謝謝，但我今天心情有點微妙……歌單很隨心，接下來可能不太會回應你，我只想唱點我想唱的歌，希望你不介意。」

【大鯨魚】：「我從不介意。」

後來，謝亞鑲就只顧著唱，沒有說話，一連唱了十首歌，全都是跟談戀愛有關的曲子。張鯨太躺在床上，就著小夜燈看直播，卻聽得心跳加速。

他不能確認自己是怎麼回事，以往他並不覺得謝亞鑲這個人有多特別，但今天卻滿腦子都被謝亞鑲的嘴唇，和伴隨他到現在的歌聲所佔據。他對謝亞鑲的感覺愈來愈奇怪，甚至已經到了令他苦惱的程度。

到了十二點時，謝亞鑲已經有點睏意，還在間奏打起呵欠。張鯨太睏意也湧起，忍不住想勸他去睡。

【大鯨魚】：「累了就去睡吧！已經很晚了。」

謝亞鑲停下手，含糊地說：**「也好，大鯨魚，今天就到這邊囉。抱歉——今天狀況不太好，都唱得很糟，晚安。」**

謝亞鑲結束得很快，讓張鯨太都來不及道晚安，就看見直播結束的通知，畫面變成了一片黑。

張鯨太感到有點惆悵，心裡總覺得哪裡不對。但因為這些亂七八糟的事已經煩了他一整天，他現在只覺得非常疲倦，就這樣抱著手機入睡了。

另一邊，剛關掉電腦的謝亞鑲也是一樣。

他收拾完東西，就緩慢地鑽進被窩裡。安靜下來後，在樓梯間與張鯨太親吻的畫面便一直在腦海裡重複播放，揮之不去的思緒促成了他有生以來的第一次春夢。

夢裡，是他先踮起腳，撫摸對方的嘴唇。張鯨太茫然而不知所措地看著他，呼吸聲很清晰，好像真的就在他面前。

接著，場景轉換得很快，變成他們躺在張鯨太的床上。他將對方壓在身下，急躁地想褪去張鯨太身上的衣服，該有的生理反應也隨之襲來。

快感與痛感讓謝亞鑲顧不得一切，一個挺身就跨坐在對方的腰腹上，模模糊糊地覺得兩腿間好像蹭到對方的性器。張鯨太像是被他掌控一樣，躺在床上，也沒有抗拒，眼睜睜地看著他的所有動作。

「學弟……你想幹嘛……」張鯨太很慌地問著。

謝亞鑲覺得眼前的一切都太過真實了，他摸了自己勃起的性器一把，粗喘了好幾口氣，說道：「我不知道……我本來只是想跟你接吻而已，可是突然變得很想跟你做愛……」

謝亞鑲發現自己的嗓音都啞了，他對於同性間的性事還有點陌生，知道自己步驟不太對，但他仍想做點什麼。就這樣摸索一會兒後，他像是找到訣竅，將自己的後穴停留在對方的性器頂端，輕輕蹭了幾下。

「學弟……你先等等……」張鯨太知道他要做什麼，但整個人像是被繩子綁住一般，四肢、身軀都動彈不得，就這樣呆滯又不安地看著謝亞鑲。

謝亞鑲知道他在看，潛意識明白這根本不對勁，但此時他就想跟對方做愛，就像放學時看到張鯨太與其他人特別親密的樣子，他就想把對方搶過來。

「學長，做吧……」謝亞鑲深呼吸幾口氣，將腰身往下沉。後穴襲來不曾有過的痛楚，還有異物侵入體內的熱度。他覺得自己好像真的就在張鯨太的房間裡，真的擁有對方，真的讓對方的性器進入自己體內。

他的呼吸很亂，張鯨太一直想扭動掙扎，卻間接加大了刺激，令他不禁仰頭，發出細微的尖叫。

「啊——」

謝亞鑲幾乎是嚇醒的。

他渾身是汗地看著天花板，下半身隱約殘存著刺痛感，要不是他馬上意識到他還在自己房間，真要以為剛才發生的一切其實是真的。

「我怎麼會做這種奇怪的夢……」他疲倦地坐起身，發現窗外還是一片黑。隨手抓過枕頭旁的手機察看，時間才三點整，距離天亮還有好幾個小時。

更尷尬的是，在剛才寫實的春夢裡，他不但勃起，還射精了。

雖然心中有一大堆疑問，他也只能偷偷前往浴室清理。幸好現在是深夜，家人都睡得很深，他無聲無息地整理乾淨後，便帶著幾分恍惚的心思，躺回床上繼續睡覺。

這次，他很輕鬆地入睡了。

沒有奇怪的夢，沒有惱人的想像。但是心裡某處的變化卻一再提醒他——不能再忽視了。

天亮後，謝亞鑲一如往常拖拖拉拉地整理好自己，在約定時間的兩分鐘前抵達與張鯨太碰面的小巷子。意外的是，張鯨太還沒出現。

謝亞鑲一手抓緊肩頭的吉他揹帶與書包揹帶，看著空無一人的巷弄，一股不安突然湧上來。

「啊！我還沒看今天的任務。」謝亞鑲連忙抓起上衣口袋裡的手機，卻發現畫面上的半透明心型符號旁並沒有顯示小紅心。

「真不對勁……」

謝亞鑲正準備打電話給張鯨太時，恰好看見對方頂著一張疲憊又慘白的臉走來。這讓他安下心來的同時，又有些擔心。

「學長，你今天比較晚呢，發生什麼事了嗎？」謝亞鑲對於一連串的反常現象有些憂慮。

張鯨太則帶著古怪的表情注視他許久，遲遲無法回答。

這個反應讓謝亞鑲更擔心了，「學長，你還好嗎？身體不舒服嗎？」

張鯨太看著謝亞鑲的臉，突然倒抽了一口氣，轉頭迴避他的注視，「沒事，我只是昨天沒睡好，頭有點痛。」

「這樣的話，你要不要請個假啊？我第一次看到你的臉色這麼差。」

「沒關係，我沒事……話說我還沒看今天的任務，是什麼呢？」張鯨太調適好情緒後，再次面對謝亞鑲，輕聲問道。

「還沒發佈，我們先去學校吧。」謝亞鑲將手機塞回褲子口袋，隱約覺得好像有什麼不太一樣了。

他不得不提高戒備，說：「我會隨時注意有沒有提醒，現在所有的數值都很正常，學長不用擔心。」

「嗯，你先去學校吧！我等等再進去。」張鯨太點點頭，催促對方離開後，才卸下剛才強撐的偽裝，痛苦地蹲下，抱著頭低聲哀號。

「我怎麼會……做那種夢？我居然夢到跟學弟做愛……天啊！感覺沒臉見他了！」

事實上，張鯨太昨晚也經歷了一場過於真實的春夢，內容與謝亞鑲完全一模一樣。

只是他並不知道，而且覺得愈來愈無助，認為兆善狐仙強制他們安裝的這款APP，簡直就是場災難。

一直到上午第三堂課結束，兩人的手機依然沒有任何通知。這讓兩人都感到有些焦慮，經常趁著空檔互傳訊息確認。

雖然各項數值一直處於安全範圍內，雙方心裡都仍感到一絲不安。但情況不明之下，他們只能任由這樣的心情蔓延。

張鯨太一直到了第四堂課，才漸漸察覺出不對勁的地方——昨天萬人迷事件造成的後遺症，似乎正在慢慢發酵。

強制撩男

不知為何，明明昨天都是他被動地答應邀約，今天卻變成他主動邀約別人，還傳出他都四處騷擾人家。張鯨太相當困擾，只能一個個解釋。他知道那些人可能記憶被動了手腳，加上唯一能當作證據的通訊記錄也有些許不同，真的無力辯駁的話，也只能任由謠言亂傳了。

直到中午，開始有人說張鯨太想追全校公認最美的胡芊君，所以昨天倚著學長的威嚴與文藝社前社長的名義，揪著對方不放。不過這個傳聞是在二年級的校舍中蔓延，因此張鯨太並不曉得此事。

謝亞鑲中午吃過午餐後，便喝著牛奶，站在走廊的圍牆旁發呆。其他同學也趁著午休鈴響前，三三兩兩地圍成一群聊天，昨天還親暱地緊黏著張鯨太的胡芊君也在，她正與其他同學討論著文藝社的事。

本來這些與謝亞鑲無關才對，但他不經意聽到談話內容，卻愈發覺得奇怪。

「昨天我壓力好大啊！本來只是想跟張學長確認一下之前的活動是怎麼辦的，沒想到卻被他扣住不放，到放學後還一直說個不停。」胡芊君皺眉抱怨，顯然已經忘記昨日真實發生的情況了。

「哎？感覺好恐怖，張鯨太學長看起來很高又很壯，在他身邊壓力很大欸……」另一名男同學附和，所有人都在點頭。而後，話題居然慢慢偏題成批評張鯨太的外貌，說他擔任文藝社社長完全不適合，甚至有幾個人開始對張鯨太展開人身攻擊。

「張鯨太根本不適合文藝社，他擔任社長期間，要招收團員真的很辛苦，因為他太凶了，很多人都被他給嚇跑了。」一名女同學皺眉抱怨，換來胡芊君的點頭。

「對啊，現在的文藝社很好，大家看的書籍也比較廣。聽說以前張鯨太學長太嚴格，都挑一些很艱深的文學書籍，那時候的文藝社超壓抑的……」胡芊君嘆了口氣。這些人對張鯨太的好感似乎都不多。

謝亞鑲在旁邊聽到了全部內容，心裡湧起一股不快。他不知道發生了什麼事，但他知道事實與這些人所說的有很大的出入，尤其他非常不能接受這些人詆毀張鯨太的行為。

偏偏身旁這些人完全沒有停下的意思，依然針對張鯨太抱怨個不停。謝亞鑲手中的牛奶已經喝光了，他像是洩恨似的將牛奶盒壓扁，不斷發出大聲吸吮的聲音。

「拜託，張鯨太學長那張臉真的很可怕……多看一眼我都會怕，今天還被約說要繼續討論文藝社的活動，我剛剛找理由拒絕了，我們自己辦就好。」

「對啊，他太凶了……」所有人都在點頭。

謝亞鑲終於受不了了。

他握緊已經扭曲的牛奶盒，介入這群人之中，惡狠狠地喊聲，「喂！」

所有人都一臉不解地望向他，眼神都像是在問他，你是誰？

「你們太過分了吧！你們根本不認識張鯨太學長，就這樣一直批評他好嗎？」

謝亞鑲怒罵完，換來了一片寂靜。所有人都面露尷尬與不解，但是又不想起衝突，於是只是瞪了謝亞鑲一眼，便各自四散離開。

謝亞鑲的怒氣無法散去，滿心想替張鯨太解釋，但矛盾的是……他又憑什麼？就在他低頭感到懊惱的時候，卻聽見了一個不該出現在此處的聲音。

「謝謝。」

那是張鯨太的聲音。

張鯨太就在他面前。

謝亞鑲先是看見熟悉的鞋子，抬頭就撞進了對方溫柔的笑容中。

「學、學長，你怎麼會在這裡？」謝亞鑲不禁往後退了一步。從對方的言語來看，顯然已經知道了剛才發生的事。

「我想跟你說，每日任務的通知來了，但看你一直沒回訊息，有點不安，就直接過來找你了。」張鯨太停頓了幾秒，又說：「剛剛我都有聽見，謝謝你，我很常遇到這種事，所以你也別放在心上。」

「看你這麼習慣被誤會的樣子我更生氣，你明明就不是他們說的那樣。」謝亞鑲懊惱地喊著，只換來張鯨太無聲的苦笑。

這個暫時無解的問題謝亞鑲決定先不深究，他快速地拿起手機，一邊問道：「任務是什麼？」

「一起放學回家。不過最近任務發佈的時間變得很不固定，所以隨時都要注意，萬一不小心忽略的話，就會影響數值了。」張鯨太拍拍他的肩膀提醒。

「嗯，那我們放學後見。」謝亞鑲的情緒還沒緩過來，隨意瞥了他一眼後就結束了交談。

張鯨太知道他大概是尷尬，也沒繼續打擾他，輕聲道別後便轉身離開。

然而，大抵是不甘心的情緒揮之不去，謝亞鑲還是忍不住出聲了。

「我覺得那些人的誤解很過分，你的好不應該被這樣埋沒跟嘲笑……學長，我說的都是真的！」

謝亞鑲丟下這句話，就轉身跑進教室裡，不給張鯨太有任何回應的機會。

「啊……跑得也太快了。」

但張鯨太因為他的這番話，心裡感到不曾有過的暖意。

過去他曾因為自己凶惡的外貌感到自卑，雖然經過了長時間的調適，他已經學會不介意了，但今天他卻發現自己並非真的不介意……其實他一直渴望著，能有個懂他的人。

雖然對這兩天大起大落的人氣感到有點失落，但他也因此更珍惜謝亞鑲這個人，對方的性格、態度完全是他的理想型。

只可惜他們的相遇是建立在惡搞之下，而他現在的目標，就是要將那款莫名其妙的ＡＰＰ解除安裝！

下午的放學時間，謝亞鑲心情還是有點差，加上他最近不太想接觸人群，所以對社團活動也興趣缺缺，反而與張鯨太相處能獲得一絲平靜。

尤其今天的任務比較簡單，他的狀態就更自在了些。

「最近為了解任務，影響到你的社團活動，感覺怪不好意思的。」張鯨太與他並肩走著，突然低聲說道。

「還好啦！最近覺得那邊的活動也比較沒意思。」謝亞鑲淡淡說著，卻有點意外學長居然與他想著一樣的事。

「也是，平常晚上也會彈彈唱唱的話，就算不用參加社團活動也可以很開心。」張鯨太想起他每天晚上開直播時愉悅輕鬆的樣子，不禁笑瞇了眼。

「對啊……嗯？學長怎麼知道我喜歡在晚上彈彈唱唱？」謝亞鑲感到很吃驚，畢竟他幾乎不曾對張鯨太透露過這些興趣。他不禁摸著胸口猜想，難道ＡＰＰ也有讀心術的功能？

「啊、我猜的，因為你那麼喜歡唱歌的話……應該平常也會找空檔做這些吧？」張鯨太馬上隨口搪塞，心想似乎不該揭露自己知道對方有在直播的事情，免得自己的睡前樂趣消失。

「嗯，學長說得沒錯。」謝亞鑲也沒有繼續這個話題，顯然想隱藏自己有在直播的小祕密。

兩人各懷心思地走著，終於抵達鄰近兩人住處的社區入口。就在兩人站在門口掏出手機，確認得到每日任務解決的通知時，下一秒系統又彈出了令他們措手不及的提醒。

「緊急事件——張鯨太好感度上升，即將發生『告白事件』！」

帶著粗體的訊息文字突然躍上他們的手機螢幕，兩人同時面色扭曲。

「告白事件？什麼啊？」謝亞鑲努力按了幾下訊息通知的位置，無奈除了這段訊息以外，就沒有其他解釋了。

「我也不曉得，我才在想說今天的任務挺好處理的，為什麼這遊戲就一副不想放過我的樣子？」張鯨太瞪著「告白」這二個字，感到非常恐慌。無論是什麼形式的事件，對他來說都是不太妙的狀況。

「真是的，如果我現在把手機摔壞的話，是不是就能擺脫這鬼東西的折磨了？」謝亞鑲焦躁地道，甚至作勢想把手機往地上丟。

「不不！別衝動，你不曉得那個狐仙會搞出什麼事來，別亂來。」張鯨太是個謹慎的人，怕事態嚴重，連忙出手阻止。

謝亞鑲難受地抬頭看著他，明白張鯨太的用意，只好乖乖將手機收好。

「這個事件是衝著我來的，我會想辦法解決它。」張鯨太看著訊息。雖然猜不透狀況，他還是先將所有的責任扛起。

謝亞鑲在他沉穩的語氣中稍微安下心來。兩人就這樣心裡懸著這件事，各自回家。

事件主角張鯨太被這件事惹得心煩意亂，連晚餐都沒吃幾口，就窩回房間休息。他什麼事都做不了，一有空檔就會拿起手機，盯著那則訊息。但上面並沒有提及懲罰結果，只說會有事件發生，這讓張鯨太想了好幾種可能性。

而另一頭的謝亞鑲也很在意，頻頻傳訊息來確認，得到的都是「還不知道」的回應。

強制撩男

就這樣時間流逝，到了晚上九點，張鯨太突然收到一封認識的學妹傳來的訊息。對方是二年級文藝社的學妹，與他往來還算密切，也是少數不怕他凶惡的外貌，可以自在聊文學的人。

「學長，請問你現在有空，方便出來一下嗎？我就在你家附近。」

張鯨太看著這則訊息，似乎早就做好了心理準備，輕聲嘆口氣低語：「應該就是這件事了吧？」

張鯨太覺得自己像是被宣告了命運，知道接下來會發生什麼事，卻對結果感到不安，這種情形讓他相當無助。

儘管如此，張鯨太還是赴約了。

學妹身穿日常的打扮，綁著馬尾，清瘦的樣子給人一種乾淨的氣質，在張鯨太面前顯得有些緊張。

「學妹，這時間把我叫出來，有什麼重要的事嗎？」張鯨太站在社區門口，就著路燈光線看到學妹惶惶不安的樣子，不免有些擔憂。

「學長，抱歉！我、我只是覺得應該要跟你說。」學妹低著頭，不敢直視他，張鯨太都被她感染了緊張的情緒。

「是，請說。」張鯨太不禁站直了身軀。

「學長，我喜歡你！我欣賞你的文學知識，所以才會加入文藝社。你交接後，我不能常常看到你，總是覺得很孤單……仔細想了一下，應該是因為我很喜歡學長吧？」學妹用彷彿豁出去的態度向他彎身行禮，手裡還捏著一封粉紅色的信封。

張鯨太就這樣不知所措地望著學妹許久。

由於他停頓太久，學妹遲疑地抬頭，就看見他露出為難的樣子。

「學長？」

「……抱歉。」張鯨太感到些許尷尬地吐出話語。

學妹立刻露出失望的表情，他都不忍心看了。

「所以……學長不接受嗎？」

「是的，我現在不方便接受任何感情。」張鯨太回答學妹的時候，忍不住伸手摸著收在褲子口袋裡的手機。

「學長有喜歡的人？」學妹想確認又悲傷的語調，讓張鯨太不敢直視她，只能低頭思考著說詞。

他只是想到謝亞鑲……如果他現在貿然答應別人的告白，一定會對謝亞鑲造成傷害。那款APP會怎麼作弄他們，張鯨太無法想像。

況且，他在這一瞬間突然意識到，現在他能一起舒服相處的人也只有謝亞鑲。就算兩人是被這樣亂七八糟的方式湊在一起，都並非出自本意，但經過長時間的相處，現在他心裡似乎也容不下別人了。

「嗯，有個我放不下的人，所以……很抱歉，讓妳特地來這一趟。」張鯨太也向她行禮。

原來無論喜不喜歡，拒絕或被拒絕的人心裡都會這麼難受。

「我知道了，謝謝學長……」小學妹似乎難過得快哭出來。她低著頭道別後，便轉身帶著搖搖晃晃的步伐離開。

張鯨太就站在原地，目送她遠去。

「……談戀愛一點也不美好。」張鯨太苦悶地低語。打從被強制安裝了《真實戀愛人生》後，他體會到的都是苦澀的回憶。

就在這時，口袋裡的手機傳來提示音。張鯨太的心情還沒來得及平復，但還是馬上掏出手機確認。

果然，是《真實戀愛人生》的訊息通知，螢幕上顯示著一行字——

「告白事件結束。選擇正確選項，雙方好感度各上升百分之五，明天的每日任務可暫停一回。」

張鯨太剛看完訊息，謝亞鑲的電話就來了，讓他根本沒有時間喘口氣。

「學長！你那邊發生了什麼事嗎？」謝亞鑲的口吻相當急躁，甚至還有點恐慌。

「呃……就跟訊息顯示的一樣，剛才的確有人來跟我告白了。」

張鯨太說完後，雙方陷入了冗長的沉默。

他不曉得這股奇怪又壓抑的氣氛是怎麼回事，謝亞鑲的呼吸聲聽起來也很鬱悶。

「這樣的話……學長答應了嗎？」謝亞鑲自己都沒發現自己的語氣有些顫抖。

「沒有，我拒絕了。」

「啊？」謝亞鑲驀然醒覺，難怪好感度會上升！

「我拒絕了。感覺對她有點不好意思，她特地來我家附近，想必做了很大的決心跟勇氣才對。我看她離開的時候好像在哭，我實在很過意不去……」

謝亞鑲喘了幾口氣後，低聲問：**「為什麼？學長，這應該是個很好的機會吧？」**

「可是，我對她並不瞭解，而且……我們還被這個奇怪的APP綑綁著，如果我隨意答應別人，可能會造成無法預測的影響，我得為你負責才行。」

「──什麼負責啊？搞不好你有新對象後，這個奇怪的APP就會消失了！你為什麼不試試看呢？」謝亞鑲焦躁地喊道。

雖然他知道唯一移除《真實戀愛人生》的方式，就是兩個人交往，但聽到張鯨太因為他而放棄了一個機會，他還是感到自責。

「我不這麼認為，我得保護你才行，這種未知的結果誰都難保證。」張鯨太認真地道。

「什麼保護──吼！學長，你這個笨蛋！」謝亞鑲被他這番話戳得心跳加速，罵完後又吼了一句：**「雖說明天沒任務，但以防萬一還是老樣子，上學前見個面吧！就這樣，晚安！」**

張鯨太瞪著已經被掛掉通話的手機，心裡感到一陣輕鬆。

謝亞鑲的反應在他的預期內，他也再次確定，自己有點喜歡上這個人了。

但是……學弟呢？

張鯨太恍惚地走回家時，心裡想的卻是不想再讓謝亞鑲感到尷尬，就像今天被告白這樣。

「雖然心情上有點……在意對方，每天晚上聽他的直播唱歌也真的很享受。可是我想……學弟應該都在勉強配合我才對。這種狀況下，我得趕快找到解除安裝的方法才行。」

張鯨太一邊低語著，一邊回到自己的臥房，洗完澡，慣例地溫習課業後，在晚上十一點準時躺床，準備聽著尷尬小吉他的直播入睡。

張鯨太已經能用直播的歌單來判斷謝亞鑲當天的情緒——如果心情好，就全都是快樂的情歌；如果心中煩悶，就會挑一堆歌詞特別深奧的曲子；如果對人生有體悟，就會充滿張鯨太從沒聽過的冷門曲子。

至於今天嘛……

「怎麼全都是些失戀的歌曲？他又遇到什麼挫折了嗎？」張鯨太聽到第三首歌時，開始覺得困惑了。

明明剛才在電話裡兩人有把話說開，現在也才差不到兩小時的時間，為何情緒差異這麼大呢？

特別掛心謝亞鑲的他，忍不住在聊天室留言了。

【大鯨魚】：「今天怎麼了呢？為何都唱這麼悲傷的歌曲？」

謝亞鑲看到他的提問，停下了動作，接著深深嘆口氣說：「**我覺得我好像……破壞了某個人的好事，要不是一些亂七八糟的怪事，他今天說不定可以脫單。一想到他是為了我，我就覺**

得很過意不去。」

張鯨太一聽，就知道謝亞鑲是在為告白的事苦惱。剛才在電話中對方並沒有透露這些情緒，他從沒想過謝亞鑲是這麼想。

【大鯨魚】：「為什麼覺得過意不去？」

謝亞鑲安靜許久，才說：**「之前好像也提過，我跟那個人是被迫認識的。迫於現況，我們之間的關係很微妙，談不上好，也談不上壞。」**

張鯨太聽著他的回答，心裡有些著急，忍不住追問了。

【大鯨魚】：「你不喜歡那個人嗎？」

面對這個疑問，謝亞鑲沉默了數秒，才說：**「沒有不喜歡，我有點……嗯，坦白說我滿喜歡對方的，可是我覺得只是喜歡朋友的程度。但因為某種原因，我們的關係變得很彆扭，我覺得這樣不太對，我們不應該……走向這種古怪的狀態。」**

張鯨太頓時面露失望，謝亞鑲的回應對他來說已經是答案了。

謝亞鑲又安靜許久，才說：**「他應該有更適合的人，我們只能當普通朋友。」**

張鯨太聽到這句話後，露出了失落的表情，整個人都很沮喪，就像被判出局一樣。

後來謝亞鑲又唱了好幾首失戀的歌曲，張鯨太就這樣安靜地聽著，沒有再與他交談，直到午夜十二點直播結束。

張鯨太將手機塞到枕頭旁，轉身將自己縮成一團，躲在被窩裡，發出重重的嘆息。

「我完全能體會剛才學妹被我拒絕的心情了。」張鯨太的語氣帶著幾分哽咽，覺得心有點痛。

他不知道該怎麼消化這樣的心情，閉著眼翻身了好幾次後，才終於帶著鬱悶進入睡夢中。

隔天一早，果然如昨天的訊息提示一樣，兩人的手機螢幕直接寫著**「好感度達極好的狀態，每日任務暫停一天」**。

兩人在小巷裡確認完手機後，雙雙吁了口氣。

「學長，太好了！今天就自由活動吧。」大概是充足的睡眠加上一夜的沉澱，謝亞鑲現在心情非常好。

「嗯。」張鯨太微微一笑，平靜地目送他進了學校，才任由真正的心情流露。

「這種像被甩一樣的心情，到底是怎麼回事呢？」摸摸自己的胸口，張鯨太努力平復思緒，才慢慢走往學校。

然而，讓張鯨太料想不到的是，昨天拒絕學妹告白的事經過一個晚上，竟然在校內傳開了。

三年級的同學多半都在揶揄他，沒有什麼負面言詞。但二年級的教室可不是這樣，尤其是文藝社的那幾個同學，似乎都對張鯨太觀感不好。

中午，謝亞鑲一如往常地吃過便當，便靠在走廊圍牆旁喝牛奶發呆，又看見隔壁班的胡芊君等人在教室外聊天。聲量雖然不大，但是能感受到她們的情緒很低落，尤其被圍在中間的女孩子特別傷心。

從這些人的對話中，謝亞鑲大抵確認了，昨晚被張鯨太拒絕的對象就是這位女孩子。

女同學一直說沒關係，雖然表情很悲傷，但言談倒是沒有對張鯨太出言不遜。其他人卻都是一副憤慨不平的樣子，不停抱怨張鯨太不近人情。

謝亞鑲安靜地聽完後，突然一個衝動，來到了這些人面前。

「那個……」

謝亞鑲一出聲，眾人全都安靜下來看著他。

其中胡芊君大概是想起了昨天的不愉快，後退了幾步，擺出防備的姿態。

「別怕，我只是想幫張鯨太學長說幾句話。」

謝亞鑲說完，將視線落在依然悲傷的女同學身上，神情柔和地說：「學長應該是有自己的想法，才會這樣決定吧？我聽說妳跟他私交不錯，應該也很熟悉學長的本性，知道他是個很好的人。」

女同學雖然眼角含淚，卻也認同他的言詞，輕輕地點頭說：「是的。」

「那他大概也有跟妳說，希望不要就這樣當不成朋友，妳還是隨時都可以找他聊聊文學，對吧？」

「啊……你還真懂學長，後來他的確有傳這樣的訊息給我。」女同學點點頭，表情沒有那麼哀傷了。

「雖然我不能代表他，但我可以確定，他是有苦衷才會這麼做，也希望妳與他建立的友情別這麼斷了。他是個很好的人，相信你們之前一定相處得很愉快。」

女同學沒有多做回應，只是輕輕點頭。

接下來，謝亞鑲又將視線轉向胡芊君。

胡芊君又往後退了一步，一臉懼怕。謝亞鑲雖然感到尷尬，還是努力鎮定情緒，朝著她微一點頭，說道：「昨天的事我向妳道歉，因為張鯨太學長真的是很溫柔的人，我不希望他被誤會，很想替他解釋，所以口氣才不太好，真的很對不起。」

胡芊君安靜了一會兒，才說：「隨便啦！反正我暫時不想再跟學長扯上關係了。」

雖然胡芊君的態度不算友善，語氣卻比剛才要緩和許多，兩方就這樣帶著幾分尷尬地結束了對話。

這件事在下午的時候傳到了張鯨太耳裡，那時他正在努力地解數學題，整個人的心思卻都落在了謝亞鑲身上。

他忍不住想像著，對方是用什麼表情在替他說話。謝亞鑲向來充滿朝氣，臉蛋帥氣，髮型又特別抓過，是個怎麼樣都比自己還要有魅力的男性。

「我好像愈來愈喜歡他了……」張鯨太停下書寫的手，帶著落寞的情緒低語。

但謝亞鑲昨晚直播時的回應，又讓他感到相當傷懷。

如果謝亞鑲只是想當朋友，那麼現在他們進行的每一項任務，對謝亞鑲來說都是一種折磨吧？

一想到這裡，張鯨太就相當苦惱。當初北善狐仙言猶在耳，在達成戀愛結局以前，這款APP會一直在他手機裡，無法解除安裝。

「如果謝亞鑲只想當朋友的話，這個結局永遠不會成立……那如果假裝在一起，是不是就能解決了呢？」張鯨太惆悵地想著，並漸漸意識到，自己好像真的喜歡上對方了。

兩人註定的結果，對他來說實在太難受。

「先努力學著以朋友的方式相處吧……」

張鯨太已經沒有心思解題了，他在筆記本的空白處寫下「小吉他」、「謝亞鑲」兩個詞，然後不斷地畫圈，想將心中的苦悶發洩掉。

最後，他低聲自語著，「嗯，就這樣吧……別讓學弟尷尬，喜歡的心情就……藏在心裡就好。」

張鯨太並不否認自己喜歡上了謝亞鑲，經過長時間的相處，他發現謝亞鑲的確是他的理想型，只是現在對方只想當他的朋友。

所以，張鯨太決定隱瞞自己的情感。

而這時候的他完全沒想到，這樣的決定會在隔天招來嚴重的後果。

第五章

那是隔天早上發生的事。

過了不需要解每日任務的一天後，兩人再次被那陣令人不安的提示鈴聲驚醒。這時候是清晨五點半，兩人都還在睡意濃濃之間，仔細讀完那些文字後，幾乎是不敢置信。

「因違背心意，好感度下降至百分之負五十，發生『同極排斥事件』，並發佈雙倍每日任務。提醒：如無法執行每日任務，好感度會持續扣除。請注意，需兩人嘴對嘴親吻才能解除同極排斥。」

張鯨太以為自己看錯了，又反覆看了數次，才確認文字內容沒有問題。他還在思考著同極相斥究竟是什麼狀況時，同樣被嚇醒的謝亞鑲就急著打了電話過來。

雖然接通了電話，張鯨太卻只聽到像被電磁波干擾的刺耳聲響，好不容易才從斷斷續續的信號裡聽出對方在說什麼。

「學長……不太妙……同極……怎……辦……」

張鯨太很努力聽，才拼湊出對方想傳達的意思，耐著性子回應，「我這裡聽不太到你的聲音，但是別慌，至少有解決辦法。」

「我……也……不到……你說……等……見面……」

謝亞鑲的回應也是充滿阻礙，甚至最後還被強制掛斷電話，張鯨太只能無助地看著已經轉回黑暗的手機螢幕。

「真糟糕……總之，大概可以知道要按時間見面，一切就等見面再說了。」見離起床還有一段時間，張鯨太便躺回床上，試圖讓心情平復下來。可惜這個突發狀況讓他完全無法冷靜，最後還提早起床，帶著不安的心思出門。

他在小巷子裡等著謝亞鑲，終於在規定到校的前十分鐘見到對方，但是奇怪的事情卻發生了。

只要謝亞鑲一靠近，他的身體就會被迫往後退，兩人始終只能保持一公尺的距離對話。更慘的是他們說話的聲音都像被隔了一層膜，聽起來模糊不清，只能用片段來推測內容。

「學長，你能聽到我說的話嗎？」面對這樣的狀況，謝亞鑲也慌了。兩人的狀態很滑稽，彼此都想靠近對方，卻會被奇怪的力量推開。

「勉強可以，至少事情有解決辦法。」張鯨太再次拿起手機查看。唯一感到安慰的是，解決同極相斥的親吻並沒有時間限制，不過兩人大幅下降的好感度卻實在令人心慌。

「學長有想到辦法可以接近我嗎？」謝亞鑲無助地站在原地，近乎放棄地問著。看見張鯨太如往常般不慌不忙的態度，他不禁感到安心許多。

「我想想……」張鯨太小心翼翼地抬起腳步往前，謝亞鑲的身體就好似有自己的意識般往後退。

他見狀，立刻停下腳步，苦惱地說道：「就算慢慢靠近也不行……今天還有兩個每日任務，要牽手跟摸臉，得想辦法在今天結束之前處理。」

「學長，這下該怎麼辦？」謝亞鑲看張鯨太也沒輒，又大聲地嘆了口氣。

「你放心，我會努力想到辦法的，你先去學校吧。」張鯨太對他露出溫和的笑容。

謝亞鑲望著他的表情，眼裡多了一點崇拜。

「好，學長，我也會努力想想，有什麼新消息再跟你聯繫。」他點點頭，轉身往巷子外走。張鯨太看著他的身影，突然出聲叫住他。

「謝亞鑲——亞鑲。」張鯨太停頓一會兒，決定不再叫他學弟，而是直呼名字。

雖然謝亞鑲聽在耳裡，只是一陣模糊的聲音，但不知為何，他還是能感覺到對方呼喊的語氣——是他不曾聽過的情感。

心裡頓時像是有股電流竄過身體。

「什、什麼？」謝亞鑲深呼吸一口氣，腦海中卻不斷重播剛才張鯨太呼喊他名字的聲音。

「你放心，你不是一個人，這件事還有我。」張鯨太的雙手微微握拳，認真說道。

謝亞鑲覺得心裡的電流好像更強了，沖得他全身發燙。

「嗯……我明白了。」謝亞鑲不想顯露臉紅害羞的情緒，隨意地點點頭就走。

離比較遠的張鯨太並沒有看見他的表情，只是溫柔地點點頭，目送他離開。

然而，一直到放學為止，張鯨太與謝亞鑲都沒有想出能接近彼此的方法，甚至還發生了謝亞鑲勉強靠近，卻讓張鯨太猛力後退，直接撞上一堵牆，還擦傷了手臂的事故。

「學長，你還好嗎？」謝亞鑲無法靠近他，眼睜睜地看著張鯨太的手臂和手指上滲出血絲，心裡相當慌張。

「還好，你別擔心。」張鯨太抹掉手上的血，又對謝亞鑲投以溫和的笑意。

謝亞鑲感到非常愧疚。這時手機又傳來讓他們不安的提醒鈴聲，兩人有默契地拿起手機查看——又是一則新的通知。

「因失誤導致張鯨太受傷，沒有保護對方，好感度將降低百分之十。」

謝亞鑲看完更抓狂了，氣得抓著手機大吼：「都什麼時候了，還扣好感度！這個奇怪的ＡＰＰ到底要折磨我們多久？氣死我了……學長，我們到底該怎麼辦？有辦法找到那個奇怪的狐仙嗎？」

張鯨太坐在原地無法動彈，看著謝亞鑲失去往昔的理性，失控地團團轉，心裡只感到歉意。

「對不起……」面對這一切，他也只能以道歉安撫。

謝亞鑲看著他，更煩躁地吼：「道歉沒用啊！學長，我現在連靠近你都沒辦法，你說到底該怎麼辦啊？可惡……談戀愛本來就不該這樣！強迫我們做這些事，讓我們這麼痛苦，算什麼『真實戀愛人生』啊？爛透了！這個願望爛透了！」

張鯨太呆坐在原地，聽著謝亞鑲不斷抱怨，不禁回想起那天遇到北善狐仙的情景。

他低下頭，說道：「對不起……都是我的問題，我不應該亂許這些願望，對不起……」

謝亞鑲聽見他的道歉，才冷靜下來，氣喘吁吁地望向那張真誠又後悔的臉，竟感到一絲心疼。

他不想看到張鯨太這個模樣——這個溫和又強大的男性的確適合有個人愛他，但他們現在的關係太過古怪，根本是被強迫綁在一起，不是你情我願的情形。每天都被這個APP搞得不知所措，也不知道有沒有結束的一天。

「學長，不要道歉。」情緒終於緩過來，謝亞鑲慢慢地、無奈地這麼說。

「可是事情變成這樣，的確是我的錯……」張鯨太仍感到十分抱歉，謝亞鑲剛才那些話就像刀跟針一樣，句句戳在他的心上，讓他實在抬不起頭。

「不是，學長想談戀愛的心情並沒有錯，只是我們現在遇到的事實在太離譜了……」謝亞鑲緩緩拍掉身上的灰塵，又整理好書包與吉他袋。為了今天的事情，他根本無心參與社團活動，更別說晚上閒來沒事玩玩創作的樂趣了，金天恐怕又要停擺一次。

「抱歉……」張鯨太還是只能以道歉回應。

「學長，真的不用道歉。我先回去好了……如果有想到什麼方法再聯繫我，畢竟我們都不想碰到惡運降臨。」謝亞鑲垂下肩膀，覺得自己剛才好像說破了什麼不該說的事，才讓張鯨太露出這麼受傷的反應。

「嗯，我明白了。」張鯨太慢慢撐著牆起身，雖然身上的擦傷讓他感到有點痛，但是眼前發生的一切讓他實在無法顧及這些。他最在乎的，還是謝亞鑲的心情。

謝亞鑲往前走了幾步，突然又停下，轉過頭對他露出往常那般充滿朝氣的笑意，喊道：「張鯨太學長！」

「嗯？」張鯨太被他的笑容感染，剛才的失落與歉意都消散不少，甚至有一絲甜意竄過心頭。

「我挺喜歡你直接叫我的名字。我們認識這麼久，關係也算密切了，以後你叫我亞鑲就好了。」

謝亞鑲丟下這句話，就離開了。

而張鯨太在原地不斷反覆回憶著他說的話，無意識地低語著：「亞鑲、亞鑲……亞鑲。」

雖然兩人的關係看似有重大進展，但同極相斥事件還是導致惡運值一直增加。只是原本對話有阻礙的狀況，不知道是不是因為兩人有在積極化解事件，之後似乎就解除了，所以能保持距離對話、使用手機聯繫。

除此之外，惡運只帶來一點生活上的不方便，例如心愛的事物遺失、吃泡麵沒有調味料，張鯨太看個書都會被紙頁劃傷手指，不過都還在可以接受的範圍內，張鯨太甚至暗暗想著惡運降臨比想像中的還要輕微。

「如果是這樣的話，感覺還可以承受。但同極相斥的懲罰還是得解決才行，不知道亞鑲那邊如何了……」

正在讀書的張鯨太心思不太安定，總是掛念著謝亞鑲的狀況。

就在他想拿起手機想關心一下對方時，謝亞鑲突然打來了。

「嗯？亞鑲？」張鯨太接起手機，一邊懷疑這款ＡＰＰ是不是有讀心術，卻毫無預警地聽到對方疑似啜泣的聲音。

「怎、怎麼了嗎？」張鯨太不免緊張起來，對方卻仍啜泣個不停，遲遲沒有回應，讓張鯨太更為慌張。

「還好嗎？亞鑲？你是不是發生什麼事了？跟我說。」

「……**學長，我想跟你聊聊，可以嗎？**」沉默許久的謝亞鑲終於開口。

張鯨太這才安下心來，「當然可以啊，你要聊什麼？」

「**在這之前……我希望學長過了今天之後，可以忘記我哭了這件事嗎？**」謝亞鑲像個孩子一樣，帶著幾分無辜的語氣要求。

「好，過了今天，我就什麼都不知道了。」張鯨太用天生的低沉嗓音安撫他。

謝亞鑲這才像是平復心情，往下說：「**我很少說我爸媽的事，因為他們關係不太好，現在幾乎是貌合神離的狀態，在家不會交談，各自過著自己的生活。我本來以為就算一直這樣，也沒有關係，但……**」

「但？」

謝亞鑲的聲音變得哽咽，換了好幾次氣，才接著說：「**他們今天不知為何，突然同桌吃**

飯。本來一開始還好好的，但不知道是哪句話說錯了，一下子就開始吵起來，每句話都很不留情，話講得很難聽。然後他們就開始喊著要離婚，現在雙方都在各自的房裡，氣氛實在太糟了……我有點喘不過氣來。」

「嗯……我能幫你什麼嗎？」張鯨太多少能體會父母起爭執時，小孩子有多為難的狀況，他也不是沒經歷過，因此還是好言安撫幾句。

謝亞鑲沉默了一會兒，突然問道：「**學長……如果你遇到這種明知會吵架、可能還會走上分開一途的結果，你還會嚮往談戀愛，甚至是結婚嗎？」**

張鯨太陷入了短暫的思考，聽著對方幾聲哽咽，他慢慢開口回道：「我還是很嚮往，如果哪天不得不結束時，我也會尊重對方，雖然我可能會哭得比你現在還慘，因為我從沒想過會不會有走上這條路的一天。」

「就算知道可能不好過，你也還是想試試看嗎？」謝亞鑲覺得對方就是笨蛋。當然張鯨太的回答並不是他想聽的答案，他只是想討拍罷了。

「是，我想試試看。喜歡一個人是很難得的事，我從以前就覺得兩個陌生人可以建立親密的關係，是很特別的現象，所以我一直很期待哪天……」

張鯨太說到這裡，突然停下來，想起自己與謝亞鑲當初也是這樣的狀況。雖然現在的局面有點尷尬，卻又有點甜，他其實還滿享受這一切的。

「好吧，至少你讓我覺得戀愛這種事沒這麼絕望。如果我爸媽真的打算離婚，那就這樣

吧……」

謝亞鑲卻沒有認同他。這讓張鯨太有些緊張，趕在對方結束通話之前，他連忙喊住對方。

「亞鑲。」

「嗯？」謝亞鑲身軀微微一震。

張鯨太叫著他的名字時，不知為何，總帶著幾分性感，甚至好像……好像在細心呵護著他一般。

「別對戀愛感到失望，或許……我們可以從這款奇怪的戀愛APP裡體會看看。」

謝亞鑲聽了，卻忍不住笑出聲，說道：**「我剛剛一度覺得，我們好像真的在交往，學長好像真的很喜歡我的感覺……現在我心情有好一點了，我等等該睡了，所以……就掛電話了喔？」**

張鯨太不經意地看了桌上的時鐘一眼，立刻明白是謝亞鑲開直播的時間快到了，因此也就沒有拖延，爽快地道晚安後關掉手機。

他也沒心情繼續唸書，放下手機後往桌上一趴，將整張臉埋進肘彎裡，含糊地說著：「我是真的很喜歡你啊……不是好像……」

可惜，這樣的心情，張鯨太還是不敢讓對方知道。

不過今晚謝亞鑲的直播很棒，唱的曲子都是他喜歡的戀愛曲目，輕快又甜美，鼻音裡還多了一點甜膩的氣息。

張鯨太很是滿足地聽著歌聲閉眼入睡，就連謝亞鑲結束直播都沒醒來。

又是一個普通不過的早晨。

張鯨太一睜眼，不太好的情緒又湧了上來。雖然昨晚聽著謝亞鑲的歌聲入睡很幸福，但是他並沒有忘記同極排斥事件還沒有解決，昨天的兩項每日任務也沒有完成，當然惡運值又往上增加了。

張鯨太甚至開始感覺身體不太舒服，精神完全無法集中，卻又無法判定是不是惡運降臨的懲罰所致。就在他慢條斯理地下床準備梳洗，一邊思考要如何解決同極相斥事件時，手機突然傳來一陣他從沒聽過的鈴聲。

「這是怎麼回事？」張鯨太覺得奇怪，一邊刷牙一邊點開手機螢幕，發現通知欄上閃爍著一個紫色的小心型。

「紫色？從沒看過這種顏色……這是什麼意思？」張鯨太有點不安地按下那顆小紫心，一段令他意外的訊息立刻跳出。

「喂小子！你也太老實了！同極相斥雖然很考驗你們，但我沒說你們不能用非常手段啊！只要你們其中一人被固定著不能移動，忍耐住靠近時會有的一點疼痛，就能順利親到對方的嘴，解決這件事了啊！我看得都快急死了！

記住，如果惡運值達規定標準，就會讓你們變成『無緣』，往後可能連朋友都當不成啊！

小子，今天之內你一定要親到那小子的嘴，否則連我都無法幫你了！」

「咦……這是邶善狐仙給我的訊息？」張鯨太不曾遇過這種情況，好奇地低語。

沒想到那則訊息欄就像聊天室一樣，生動地又跳出好幾則訊息，**「對！就是我，用點小手段快解決這件事啦！」**

張鯨太看著不斷叫他作弊的訊息，不禁苦笑著說：「我明白了，我會想辦法在今天之內解決。倒是……邶善狐仙，能不能趁現在問祢一個問題？」

「說吧。」訊息欄跳出兩個字，張鯨太彷彿有種聽見狐仙說話聲音的錯覺。

「為什麼是謝亞鑲？」張鯨太望著自己的手機，平靜地問道。

邶善狐仙停頓了數秒，才回：**「不就按照你的條件選的？」**

「祢這麼回也沒錯啦，亞鑲的條件都符合我喜歡的類型，而且跟他相處真的很舒服，但……」張鯨太的回答卻充滿遲疑。

邶善狐仙又快速道：**「你不喜歡謝亞鑲嗎？不喜歡的話，我幫你換人？」**

張鯨太看著這段回覆，遲疑許久才開口：「別換。」

邶善狐仙被他的態度搞亂了，訊息只跳出一個**「？」**。

「我喜歡謝亞鑲。」張鯨太一字一字地說著，帶著深深的情感。

「那就去追他。」邶善狐仙傳完這句訊息後，間隔一秒，又傳來一段話，**「《真實戀愛人生》可以容許失敗，如果你準備好向他告白，他卻拒絕你，這款ＡＰＰ並不會刁難你，會為你**

繼續尋覓下一位對象，而你與謝亞鑲將會今生無緣。」

邶善狐仙傳完這段說明後，就再也沒有傳遞新的消息。

張鯨太看著那些訊息反覆思考，最後決定先解決麻煩的同極相斥事件。

隔天恰逢週六，他傳了訊息給謝亞鑲。

「我找到解決同極相斥的方法了，你先來我家一趟。」

謝亞鑲看著訊息，遲疑地反問：**「沒問題嗎？我怕會傷害到彼此。」**

「亞鑲，如果你願意相信我，接下來照我說的話做。」

張鯨太難得強硬的態度，讓謝亞鑲沒有再拒絕。

三十分鐘後，謝亞鑲抵達張家。他輕輕碰觸張家大門，卻意外發現門並沒有鎖。

張鯨太的訊息適時地出現，**「直接進來，來我房間。」**

「喔……」

謝亞鑲依照訊息指示，經過張家的客廳，發現房子裡好像並沒有任何人。他覺得有些奇怪，但仍一步一步往指定的地方走去。

當他推開張鯨太的房門時，卻愣住了。

「學長不在？」謝亞鑲做好了準備，就怕發生同極排斥的推力。然而臥房內並沒有人，只有一把椅子面向他。

此時，張鯨太又傳來訊息，**「看到椅子了嗎？坐上去，左邊有繩子，你先想辦法綁住自己**

的雙腳跟手，腰部也綁起來，盡可能愈緊愈好。」

「綁？學長，你在開什麼玩笑？」謝亞鑲這下子慌了，他光想像都覺得很奇怪。

「不是開玩笑，你先照著做就對了，留下一隻手可以回我訊息就好。」張鯨太的文字相當肯定，讓謝亞鑲沒有任何拒絕的餘地，只能照著步驟做。

大約十分鐘後，除了右手還能自由移動外，謝亞鑲的左手、雙腳都被綁在椅子上，腰部則與椅背纏繞在一起。

……現在的樣子肯定很怪。

這時候，張鯨太又傳來訊息，**「好了嗎？」**

「好了……學長，接下來要幹嘛？」

「你在那邊別動，確認繩子綁得夠緊就好。」房門打開，張鯨太就站在門外頭，神色緊張地看著謝亞鑲。

「學長？你一直都在嗎？」謝亞鑲一臉震驚地看著他，意識到自己現在的樣子有多可笑，下意識地開始掙扎。

「對啊，你不要亂動，繩子鬆開就不好了。」張鯨太確認一切沒問題後，才深吸口氣，往前踏了一步。

距離一縮短，謝亞鑲明顯感覺自己在往後退，但是他的身軀綁在椅子上，所以只有微幅度的移動。這時候，他終於明白了張鯨太的打算。

「學長……你……你要這樣處理？」謝亞鑲無法控制地往後，同極相斥的威力很明顯，就像是有一股狂風正在吹向他，他的臉部甚至有種被往後扯的感覺。

張鯨太也是同樣的狀況，一直有股力量在阻止他靠近謝亞鑲。他的步伐很慢，每接近一點，被推開的力道就會更大，這樣短短的距離，他竟然花了五分鐘，才得以靠近謝亞鑲。

「這個同極相斥也太難纏……我的臉被扯得好痛……」張鯨太費了很大的氣力，才成功抓住椅子的扶手。

然而在這瞬間，兩人也感受到更大的風力正往自己吹來。張鯨太幾乎快站不住腳，綁在椅子上的謝亞鑲也不停往後退，兩人的臉都被力量推擠得扭曲了。

「好痛！」謝亞鑲齜牙咧嘴地喊道。

張鯨太則一直鎖定他的嘴唇。終於，兩人的距離僅剩一點，嘴唇就快碰到了。

「唔……」謝亞鑲不禁閉起眼。

下一秒，他感覺被親吻了，溫熱且柔軟的觸感傳達至他的腦中。

就算條件如此克難，謝亞鑲還是能感受到張鯨太的小心與溫柔。大約三秒後，狂風般的吹力消失了。

明顯的變化讓謝亞鑲的身軀稍稍放鬆，意識到同極相斥的狀況已經解除了。但……張鯨太好像沒有放開他的意思？

比起過去為了解決任務而敷衍的親吻，這次的張鯨太特別認真，反覆糾纏著謝亞鑲的嘴唇。

「唔……學、學長……」謝亞鑲趁著對方稍稍離開的瞬間輕喊著，看到張鯨太真誠又認真的眼神時，他著實嚇住了。

張鯨太沒有說話，他想起與北善狐仙的談話，想起兩人最初的情形，想起了自己的初心……他小心地捧著謝亞鑲的臉頰，拇指摩挲嘴唇幾下，又低下頭，再次親吻他的嘴唇。

被堵住嘴唇的謝亞鑲終於從慌亂中發覺，張鯨太這次的親吻並不只是為了解任務，而是認真地想親吻他，夾帶著私心的那種。

時間似乎過了許久，張鯨太終於甘願鬆開手，整個人卻乏力地靠在謝亞鑲的肩膀上喘個不停。

「學長，你還好嗎？」謝亞鑲沒見過他這個樣子，緊張地呼喚著。

張鯨太卻只是伸出雙手，將他抱住。

「抱歉，讓我這樣抱你一下吧。」張鯨太說，透過擁抱感受著謝亞鑲的體溫，也更加確定……他真的已經徹底喜歡上謝亞鑲了。

「好……」謝亞鑲並沒有拒絕他，甚至伸出唯一沒綁住的右手，環住他的身軀。

「事實上，解決這次事件的方法，是北善狐仙教我的。」張鯨太依然維持擁抱的動作，突然說道。

「咦？你已經聯繫上狐仙了？這樣的話……《真實戀愛人生》是不是能解除安裝了？」

「不行，它必須繼續運作下去，直到有答案的那天。」張鯨太搖搖頭，打消謝亞鑲剛湧起的希望。

「什麼答案啊？真是讓人困擾。學長的想法也跟我一樣吧？」

張鯨太看著謝亞鑲失落的眼神，鼓起勇氣，說道：「不，或許有一點不一樣。」

「咦？」謝亞鑲望著他那雙過分認真的目光，也跟著緊張起來。

「兆善狐仙沒有說得很明白，但我知道祂的意思，說到底，整件事的關鍵還是在我身上。事實上……狐仙說指定對象可以換人，畢竟當初是我想談戀愛，祂是照著我的條件去找人，最終找上了你。而最後我拒絕了狐仙，我沒有答應。」

「嗯？學長，這是什麼意思？到底怎麼回事？」謝亞鑲愈聽愈不安，甚至感到困惑。

「因為……我發現會發生同極相斥，是因為我違背了自己真正的心意，和我不想換對象的原因一樣。」

張鯨太想坦承的話語已經哽在喉間，但是他實在太緊張，沒能立刻說出口，只將頭靠在謝亞鑲的額際喘個不停。

「什麼原因呢？」謝亞鑲不自覺地握了下拳，又立刻放鬆。

「……因為，我喜歡你啊。」張鯨太脫口而出。

然後，兩人就這樣同時陷入沉默。

張鯨太是對於沒有即時得到的回應而感到緊張，謝亞鑲則是因為他的告白而忘記思考。

張鯨太等待了片刻，漸漸失去信心。但就在他想起身時，卻發現自己被謝亞鑲以單手牢牢抱住了。

「學長，你是因為配合ＡＰＰ，才說喜歡我嗎？」謝亞鑲平淡地問。

張鯨太頓了幾秒，才說：「不是。」

「不是還遲疑？為什麼回答得這麼慢？」謝亞鑲的提問很尖銳，讓平時負責主導的張鯨太難得處於弱勢。

「我剛剛一瞬間很怕你要拒絕我，所以腦袋一片空白了……」張鯨太身軀抖了抖，坦承地說。

謝亞鑲嘆了口氣，只說：「學長，你先幫我解開繩子吧。」

說完後，他便鬆開了手。

張鯨太則站起身，落寞又絕望地看著謝亞鑲。

「學長，別一副世界末日的表情啦！先幫我解開，這個樣子被你家人看見的話，會解釋不清吧？」

在謝亞鑲的輕聲安撫下，張鯨太終於開始動作，蹲下身子，小心翼翼地替他解開身上的束縛。最後解開左手繩索時，他突然想起每天晚上看「尷尬小吉他」的直播畫面時，多半都是手指握著吉他的樣子。這是他第一次近看謝亞鑲的手，比透過螢幕看到的還要好看許多。

張鯨太看得太入迷，一時忘我地輕輕撫摸起那雙手。謝亞鑲依然坐在椅子上，對張鯨太的舉動有些不解。恰好他的對面有一面鏡子，他能看見兩人現在是什麼姿勢。

就這樣瞥了一眼，謝亞鑲驀地臉紅別過頭，因為乍看之下，這簡直像是張鯨太屈膝跪在他面前，向他求婚一樣。

「學長……你幹嘛一直摸我的手？」發現對方沒有鬆手的意思，謝亞鑲只好出聲問道。

張鯨太這才回過神，驚慌地站起身。美好的氣氛太短暫，一下子他又回到不安的情緒中。

「學長，如果我今天拒絕了你，後果會如何？」謝亞鑲沒了束縛後，整個人輕鬆不少。

「就是失敗了……兆善狐仙就會幫我換人，換了人之後，我跟你可能就變成普通朋友了，不！可能連普通朋友都當不成。」張鯨太語氣有些低落。

「換人……」謝亞鑲低頭思索著，心裡卻突然感到不舒服。他無法想像張鯨太身邊會出現另一個人，做一樣的任務，他們會磨臉頰、牽手，甚至是約會……

他相信張鯨太學長可以做得很好，但他卻對這個可能的未來感到吃味。

「真可惡，換了人之後，居然連普通朋友都做不成嗎？」

張鯨太連忙搖手解釋，「不，兆善狐仙只說了『可能』，然後說這款ＡＰＰ其實也可以接受失敗而已。」

「你也不問清楚點，我們之前被搞了這麼久，還遇到一堆奇怪的限制與條件，這款ＡＰＰ會這麼輕易地放過我們？」謝亞鑲拿起手機，點開ＡＰＰ，發現他們現在的好感度是有史以來最高的一次。

然而總是為他們帶來困擾的任務通知，此時卻靜悄悄地，讓謝亞鑲覺得這彷彿只是暴風雨前的寧靜。

「呃……不至於吧……」

謝亞鑲驀地打斷張鯨太的話，「學長，我接受你的喜歡。」

「啊？」張鯨太愣了一下，還以為自己聽錯了，眼神呆滯地望著謝亞鑲。

「不過我有點矛盾……我只是不希望你身邊有別人，雖然對你也有一定的好感啦，但……我不太確定這樣算不算是戀愛的感覺？我只知道，如果我拒絕了你，很可能永遠都無法接近你了。」

謝亞鑲看著手機螢幕，心裡很不安，也很掙扎。

但是剛才的空檔，讓他有機會重新看待自己與張鯨太的關係。

雖然是莫名其妙地被迫綁在一起，自己起初也非常抗拒，但是現在，他更怕一旦關係結束，他就再也無法與張鯨太這麼親密了。

張鯨太有些慌張地說：「你、你別勉強自己……如果你真的不想繼續，可以拒絕我。」

「我不想拒絕，學長！我剛剛說了，我還很矛盾……但我不想莫名地就這樣結束跟你的關係。你給我點時間好不好？」

「好，但你要做什麼呢？」張鯨太雖然心裡很開心，但是又感到很抱歉。

「我們先維持這樣的狀態吧，像朋友，又像在談戀愛……」

謝亞鑲轉過頭，下意識地摸摸自己的臉，發現自己的臉龐非常燙，心裡也比上次參加校慶的歌唱比賽還要緊張許多。

「嗯……好。」張鯨太有些困惑，因為謝亞鑲的態度並不像是欣喜地接受。就在張鯨太想著要怎麼安撫對方時，謝亞鑲突然發出一聲嘆息。

「學長，你可以抱一下我嗎？」謝亞鑲仰起頭，用有幾分無助的眼神問道。

「現在？」張鯨太完全捉摸不到謝亞鑲的思緒，兩眼發直，反覆確認。

「對，現在。」

謝亞鑲見他沒有動作，便張開了雙手。張鯨太也就順勢俯身，環抱住他。謝亞鑲將頭枕在張鯨太的肩頸，突然有個衝動閃過。

說做就做。他直起身子，用嘴唇親吻張鯨太的臉頰。

張鯨太只感覺到一股熱氣拂過耳朵，臉整個都紅了。

「學長，就先這樣吧……我不想要你換人，但我也還沒準備好要談戀愛，尤其……我從沒想過對象會是個男生。總之，你絕對不可以換人喔！」

「嗯，好。」張鯨太聽著他帶著幾分撒嬌的語氣，不禁安下心來。

兩人就著這個姿勢抱了很久，就連手機不斷傳來新的提示音效也無暇去管，直到張家雙親返家開門，才打斷兩人卿卿我我的氣氛。

不過，即使這樣互訴心意，張鯨太也還是沒有坦白自己就是「尷尬小吉他」那個唯一的忠實觀眾——大鯨魚。

謝亞鑲也沒有透露自己會在晚上開直播唱歌，因為他覺得太羞恥了，而且還有個忠實觀眾「大鯨魚」在，讓他特別珍惜這個小祕密。

或許是把話說清楚了，心情也開闊了，當天晚上，「尷尬小吉他」一口氣唱了好幾首甜美的戀愛歌曲，甚至婚禮常用的曲目也唱了不少。張鯨太在這一晚也聽得很開心，一如往常地抱著手機安詳入睡。

而他們都忘了，其實北善狐仙替他們強制安裝的《真實戀愛人生》還存在著。

事情還沒有結束。

喘息的時間不過一個晚上，隔天一早，兩人的手機又跳出了一則訊息——

「恭喜達成第一階段任務，從現在開始進入第二階段，特此通知『每日任務』將更改為『每日親密任務』，祝兩位有一場愉快的戀愛。」

第六章

謝亞鑲剛睡醒，正打算抱持著全新的心態迎接這一天，就聽見了訊息提示聲。

讀完那段訊息後，他腦中除了困惑，還是困惑。

「祝兩位有場愉快的……戀愛？」謝亞鑲張著嘴複誦，最後將手機放在自己胸前，發出情緒不明的呻吟，聽起來有點開心，又有那麼一點……不知道怎麼辦。

「多了『親密』這兩個字，感覺就很不妙啊……」

謝亞鑲最後決定躲回被窩逃避，因為他知道再怎麼煩惱，都不會馬上有解答。反正還有張鯨太學長在，就安心等待下一個訊息來臨吧！

然而「每日親密任務」的訊息提示，不如過去的每日任務來得明確。他們一直等到中午才接到任務通知，但正在各自教室吃午飯的兩人卻完全看不懂意思。

「今日親密任務——做你認為的親密行為。」

任務條件只有這樣的解釋。

謝亞鑲反覆看了幾次，傳了訊息問張鯨太：**「學長，你有什麼想法嗎？」**

張鯨太嘴裡都是米飯配著散蛋，緩慢地回覆訊息，**「就照我們的想法做吧！你認為的親密行為應該到什麼程度？」**

謝亞鑲沒想到他會把球打回來，看著問題，滿腦子都是不可告人的畫面。他的意識飄忽了數秒，才驚覺自己對學長居然有這種想法，心虛地低頭吃了好幾口便當。

當然他不會讓張鯨太知道這些。

就在他要回覆時，張鯨太卻又回了幾句訊息。

「不如放學後來我家？今晚我爸媽不在，他們跟團去參加兩天一夜的旅行了，保證不會有人打擾，也可以讓你稍微喘口氣。你爸媽那邊……也還需要時間解決吧？」

張鯨太用詞很小心，雖然謝亞鑲的家庭狀況只是惡運降臨的其中一環，但雙親不睦的狀況仍未獲得緩解，謝亞鑲經常跟張鯨太說待在家裡很難受。

確實謝亞鑲現在一想到父母的狀況，就只想逃。張鯨太的邀請雖然僅有文字而已，他卻好像聽見了對方溫柔的語氣，令他心醉。

大概是找到了可以躲避的樹洞，謝亞鑲興致一來，回道：**「學長想舌吻都沒問題喔！反正是親密任務。」**

張鯨太看到後，忍不住倒抽一口氣，急忙回：**「別亂說啦！牽個手就夠了，放學後等你。」**

謝亞鑲完全能想像張鯨太現在是什麼反應，可能臉已經紅到像煮熟一樣了。他開心地收了手機，決定不再繼續逗學長，滿心期待放學的到來。

放學後，兩人依約一起回家，路上都與平常無異，除了張鯨太看上去有點緊張，謝亞鑲倒是因為可以逃避家裡的糾紛，而感到十分輕鬆。

一進入張鯨太的房間，謝亞鑲立刻發現房間比昨天來的時候還要乾淨。張鯨太還在外頭忙碌，隨口跟他說：「你隨意坐，我去幫你找點喝的。」

「好。」謝亞鑲看了看，便直接往張鯨太的床上坐下，一邊四處張望著，不禁小聲感嘆，「學長的生活習慣跟我完全不同……他肯定不能接受我的房間。」

再次感受到張鯨太認真的作風，謝亞鑲開始反省自己是不是該找個時間整理房間。這時候，張鯨太拿了兩個布丁與兩瓶罐裝可樂進了房間。

「冰箱剛好有這些，給你當點心。」張鯨太將布丁和可樂塞到他手裡，自己則拉開書桌前的椅子坐下。

接著，兩人互看著，卻都不知道如何是好。

「那……學長，接下來呢？」謝亞鑲將布丁放下，改換成有些隨意的坐姿問道。

「喔？啊？喔、喔，解親密任務。」張鯨太馬上回神，理解了他的意思。

將手上的東西放下後，張鯨太還拿了罐消毒酒精往掌心噴了幾下，帶著慎重的心情起身，靠近坐在床上的謝亞鑲。他俯身握住謝亞鑲的手，慢慢在他的額頭上落下一個親吻。

謝亞鑲都能感受到張鯨太的緊張，因為那雙嘴唇碰觸到自己時，居然還微微顫抖著。

張鯨太的動作很快，不到一秒的時間就離開了。然而詭異的是，手機並沒有傳來任務完成的通知。

謝亞鑲抽出手機看了一眼，又放回去，一副不意外的樣子說：「看來邶善狐仙認為這樣不夠親密。學長，你說該怎麼辦？」

「居然不行？」張鯨太露出懊惱的表情哀鳴。

他思忖許久，再次上前，這次改用雙手擁抱著謝亞鑲，並親吻臉頰。然而手機依然毫無動靜，張鯨太又接著親吻謝亞鑲的眼皮、耳垂，都沒有得到任何好消息。

謝亞鑲大概被這不夠大膽的行為搞得有些煩躁，就在張鯨太打算試著親吻他的脖子時，他突然伸手，捧住張鯨太的臉頰，迫使對方固定視線面對自己。

「學長，我怎麼不知道你比我還要會逃避？」對上那雙害臊的眼神，謝亞鑲本來想罵個幾句，又全都縮回去了。

「我只是照著上面說的，我認為的親密……」張鯨太移不開目光，緩慢又無助地解釋。

看在謝亞鑲眼裡，這麼一個不笑的時候感覺特別凶的高大男人，某些時候卻會露出只有他才能看見的無辜反應……他突然覺得這傢伙實在可愛至極。

「真是的，你太小看北善狐仙了，我認為應該要這樣。」

謝亞鑲說完，便直接湊上去，嘴對嘴親吻張鯨太，隱約還聽見張鯨太驚呼一聲。

他本來想要親一下就離開，但不知為何，他突然覺得這個吻很甜美，不想就這麼放開。於是他憑著本能撬開對方的嘴唇，用舌尖摩擦張鯨太的牙齦。

張鯨太一開始還在掙扎，卻在謝亞鑲的撩弄下漸漸進入狀況。他開始回應謝亞鑲，親吻的力道比剛才還大，甚至手機傳來任務完成的通知都沒能顧及，只是本能地想更親近謝亞鑲。在親吻的空檔，他的手摸上了謝亞鑲的腰，順著制服往裡頭摸，在摸到對方略嫌單薄的腹部時，還在肚臍位置繞了好幾圈。

謝亞鑲的皮膚比他想像中還要好摸，他忍不住愈摸愈上癮，從前面摸到背部，一邊想著這麼骨感的嬌小身軀，是怎麼辦到每天揹著沉重的書包與吉他袋上學的？

「嗯、學長……學長……」謝亞鑲斷斷續續的呼喊打斷了他的思緒。張鯨太放開手，臉上滿是激情的紅潮。

「抱歉，我有點過頭了。」張鯨太這才發現，自己居然將謝亞鑲壓在床上，兩人的姿勢很是曖昧。

他連忙想起身，卻被謝亞鑲摟住了肩膀。

「學長……可以繼續。」謝亞鑲喘著氣，目光有些迷離。

「但是……你不是說你還沒準備好嗎？做到這種程度應該就夠了。」張鯨太秉持著尊重對方的想法，雖然下半身已經明顯起了生理反應，但是他並沒有忘記謝亞鑲昨天說過的話。

「啊——你這個木頭！真是的！這麼認真，讓我想對你生氣都沒辦法……我都說可以了，你怎麼還在顧慮昨天的話？」

謝亞鑲也明白張鯨太的性子，咬牙說完這番話後，就直接勾住對方的脖子，重新貼住他的嘴唇，用比剛才更主動的親吻攻擊，一手甚至脫掉了張鯨太的上衣。

僅靠著手掌撫摸，謝亞鑲就能感受到那藏在衣服底下的厚實肌肉。為了看得更清楚，謝亞鑲稍稍推開張鯨太，就著仰躺的姿勢，快速掃了張鯨太的身材一眼。

「真不愧是傳說中，被校內各大運動社團搶著要的人啊……」謝亞鑲迷戀地舔舔唇，又把對方拉近，往張鯨太的肩頭上咬了一口。

「唔──亞鑲，你該不會有喝酒吧？」他這麼熱絡，張鯨太反而很困惑，應對也都相當被動。

「沒有。」謝亞鑲搖頭，又繼續往下攻略。他用手掌包裹住張鯨太的胸膛，感覺到指間飽滿肌肉的觸感，忍不住多掐揉了幾下。

「別亂摸！啊、你……」張鯨太忍不住縮了一下，因為謝亞鑲居然還掐了他的乳頭。他驚喘幾聲，低頭想責備對方，卻對上謝亞鑲小惡魔般的笑意。

「學長，你平常也有在運動吧？摸起來真舒服……」謝亞鑲朝他一笑，接著挺起身軀，再送給他一個親吻。

這次的吻比較短，謝亞鑲很快就放開了他。此時兩人再也掩飾不了下半身雙雙勃起的事實，只要稍微靠近一些，就會隔著布料碰觸到彼此的性器。

「學長，幫我脫掉衣服。」謝亞鑲一邊指揮張鯨太，一邊不忘替張鯨太褪去長褲。張鯨太在這階段倒是有些綁手綁腳。

「學長，大膽點，直接脫掉沒關係……」謝亞鑲知道張鯨太還在猶豫，乾脆又脫掉了對方的平口褲，張鯨太那尺寸比他料想得還大一些的性器，就這樣展露出來。

「唔……」謝亞鑲悄悄倒抽一口氣。這是他第一次這麼近距離又真實地看到別人的性器，雖然有幾秒的時間不知如何是好，但他很快就拋開那些羞澀，用雙手握住張鯨太的性器，開始套弄。

「等……等等……」張鯨太想起身，卻換來謝亞鑲更用力地擼弄。他腰部頓時一陣痠軟，只能將雙手撐在謝亞鑲的頭部兩側，喘個不停。

「學長，停不下來了吧？你也快點幫幫我啊。」謝亞鑲見他不動作，更加快了套弄的速度，換來張鯨太更急促的呼吸。

「我……要怎麼幫？」張鯨太的意識隨著撫弄變得一團模糊，被謝亞鑲握在手裡的粗大性器忍耐不住，一直磨蹭著謝亞鑲平坦的腹部。

「看你怎麼幫……我也不曉得……」謝亞鑲也有些混亂，不知道已經積累的性慾該怎麼解脫才好。

「我……」

張鯨太看著謝亞鑲迷茫的神情一會兒，便憑著本能褪去謝亞鑲的褲子，將兩人的性器交疊在一起。此時他整個人都趴在謝亞鑲身上，就著這個姿勢，引導謝亞鑲的手同時套弄著兩人。

「嗯、嗯……這樣好。」謝亞鑲粗喘一聲，舒服的快感襲捲整個感官，大腿與性器互相碰觸，曖昧的氣息瀰漫在兩人之間。眼前的場景太過羞人，他下意識閉起眼，噘起嘴去親吻張鯨太的臉龐，又覺得不太夠，像在尋找什麼似的，流連過柔軟的頰肉。張鯨太受到他的影響，也跟著閉上眼，兩人的嘴唇慢慢地靠近，終於碰在一起。

謝亞鑲停頓一秒，呼吸變得更急促。張鯨太睜開眼，就看見對方滿臉通紅，不住喘著。

「怎麼了？不舒服嗎？」張鯨太俯身，輕輕蹭著他的臉頰問道，也感覺謝亞鑲套弄彼此性器的速度愈來愈慢了。

「不是……我只是有點意外，以前明明接吻那麼多次，但還是第一次有這種像是被電到的感覺……我整個身體都麻麻的，啊……小雞雞也有點麻麻的，怎麼辦，學長？這樣感覺好奇怪……」

謝亞鑲很享受，內心深處卻覺得不太對勁。他想克制自己的情感，但隨著鼻息間不斷嗅到張鯨太的氣味，聽著熟悉的低沉悶哼，一股更強烈的快感在他體內不停流竄。

「我也覺得有點奇怪……可是，就這樣吧。」張鯨太笑了笑，聽到那直接的評論，不知為何，他安心了不少——本以為只有自己變得奇怪，原來謝亞鑲也一樣。

「嗯……」謝亞鑲迷迷糊糊地回應他的親吻，嘴唇碰嘴唇，舌尖互相交纏。兩人的親吻技巧從一開始的笨拙到逐漸熟悉，過去的幾回經驗，就像是為了今天而練習的一樣。

「今天就這樣……我快射出來了……」張鯨太悶哼著，忽然抖了幾下，性器在謝亞鑲手中射出了白濁的精液。

「啊……」謝亞鑲感覺到腹部一陣濕潤感，不禁露出埋怨的眼神，說道：「你怎麼可以先……」

謝亞鑲還沒說完，全身就抖了抖，同樣射了出來。

腥羶的氣息頓時瀰漫開來，高潮褪去後，兩人的理智也逐漸回籠。

張鯨太就這樣靠在謝亞鑲的肩膀上，呼吸漸漸平穩下來。謝亞鑲悶哼幾聲後，才問：「學長，為什麼只有這樣？」

「什麼只有這樣？」張鯨太轉頭看了他一眼，分神想著等等得洗個澡、換床單，還得弄個可以讓謝亞鑲過夜的舒適床位才行。

「沒有做啊……怎麼只有打手槍？」謝亞鑲心裡莫名有些空虛。

「我怕弄傷你。雖然不太懂，但我也知道一點知識，不能隨便就做，我這邊也沒有東西……唔！」

張鯨太解釋到一半，謝亞鑲突然又親吻他的嘴唇，打斷他的話語。

「知道了啦，你不用這麼緊張。」謝亞鑲閉上眼，慵懶地說著。

他們又這樣磨磨蹭蹭地抱了好一段時間，才終於願意放開。

一回神，兩人都想快點洗掉身上的黏膩。本來打算要輪流洗，謝亞鑲卻心血來潮，將張鯨太一起拉進浴室裡，兩人胡亂摸索好一會兒後，又是一陣接吻與撫摸，一直到晚上十點多才結束。

此時兩人已經精疲力竭，平躺在張鯨太那張加大的單人床上，雖然有點擠，但還算舒服。

「抱歉……」張鯨太突然說道。

「幹嘛又道歉啊？」謝亞鑲甜膩地抱怨一聲，順勢拿起在枕頭旁的手機查看，發現親密任務不但完成，好感度還增加了許多，訊息內容各種花式誇讚，說他們完成了有史以來最好的一次成績。

「本來想鋪個舒服的床墊給你睡，但現在實在不想動，只好勉強你一起擠了。」張鯨太說完，還往牆邊讓，試圖挪出更大的空間給謝亞鑲。

「我根本不介意，又不是沒被你抱過，拜託——都看過彼此的小雞雞了，學長別老是這樣見外啦。」謝亞鑲對於他過於有禮貌的舉動心生不滿，居然將手伸進被子裡，摸到對方的大腿後，用力掐了一下。

「啊、啊！痛。」張鯨太連忙揉揉被捏痛的地方，本想再出聲道歉，一想到謝亞鑲剛說的話，又決定閉嘴。

「學長，睡吧。」謝亞鑲閉著眼，一邊想著今天的直播又得暫停一回，應該發文通知的，免得唯一的觀眾大鯨魚空等，但他實在沒力氣睜眼，只好做罷。

「好。」張鯨太翻過身抱住他，輕輕地蹭了幾下，同樣想著今晚「尷尬小吉他」又得停播一回了。不過當事人就在身邊，他其實並沒有損失。

張鯨太就這樣閉著眼醞釀睡意，卻突然想到一個疑問——是不是哪天該對謝亞鑲坦白，自己就是「尷尬小吉他」的忠實觀眾「大鯨魚」呢？

張鯨太思索一會兒後，又皺起眉，決定作罷。因為他擔心如果坦白的話，謝亞鑲會因為覺得丟臉而結束直播，那他的睡前樂趣就斷了。

畢竟謝亞鑲從來沒提起有在開直播的事，應該是想當作自己的小祕密，那自己就更不應該戳破了。

張鯨太下定決心後，才真正墜入睡夢裡。

接下來幾天，他們漸漸習慣親密任務的尺度，不過兩人始終沒有更進一步，最多只有張鯨太靠著謝亞鑲緊閉的大腿間摩擦性器，像是模擬一場性愛，實際上只能算半套的程度。

就在他們關係愈來愈親密時，某一天，意外出現了。

那天中午，張鯨太與謝亞鑲躲在校舍後方最隱密的位置親吻。那天的親密任務比較複雜，有指定三個時段要完成，早上接吻，中午接吻，晚上再接吻一次。秉持著愈親密愈好的宗旨，兩人的吻在不知不覺間，已經變成交纏不休的舌吻方式。

沒想到就在他們吻得熱烈時，居然被謝亞鑲的同班同學撞見了。

謝亞鑲聽見熟悉的驚呼聲，連忙推開張鯨太。誤闖的是那位與他關係很好的男同學，正用驚嚇的表情瞪著他們。

「亞、亞鑲？你們在做什麼？」同學雖然離他們還有段距離，但是該看的都看得一清二楚了。

「我……我們……」謝亞鑲連忙把張鯨太推遠，站在原地不知所措，然後就看到張鯨太臉上露出受傷的表情。

心虛加上混亂的腦袋，謝亞鑲驀地拉住同學的手就往外跑，留下張鯨太一個人在原地。

同學被他拉著跑走，兩人直到走廊的另一端才停下。同學跑得氣喘吁吁，問他：「你剛剛跟張學長是在接吻嗎？你們是這種關係？」

「等等，我有苦衷！」謝亞鑲因為過於緊張，加上剛剛跑完，說話上氣不接下氣，粗喘了好幾下後，才挺起身，重新面對同學。

「到底怎麼回事？」同學很有耐心地等著他解釋，平常能言善道的謝亞鑲在這一刻，卻不知該怎麼開口了。

「所以？你跟張學長接吻有什麼苦衷？他強迫你嗎？」同學皺起眉。

「不、不！不是，我們是自願的。」

謝亞鑲急著替張鯨太辯駁，卻換來同學更無法理解的反應。

「可是你說你有苦衷，你們是被逼著接吻？」同學照他的言詞，拼湊出一個很奇怪的答案，卻看見謝亞鑲點了頭，「啊？哪有這種事！你要說張學長強迫你跟他接吻還比較有可能，他塊頭那麼大，看起來又那麼凶……喂，你是不是有什麼把柄在他手上啊？」

同學說完，還往外看了一下，確認沒人經過，又將謝亞鑲往牆邊拉，「聽說張學長是黑道打手，搞不好是真的。你是不是碰到了很麻煩的事？」

「嗄？這傳聞我怎麼沒聽說？他家是很普通的小康家庭，跟黑道一點關係都沒有啦！」

謝亞鑲一方面無法解釋狏善狐仙造成的麻煩，一方面又想替張鯨太澄清，然而受限太多，反倒說得零零落落，更讓人起疑。

「我跟學長是不得已才在一起的，總之學長沒有你說得那樣糟糕！他其實是很溫柔的人，外界有太多奇怪的傳聞了，學長又不會澄清……反正事情絕對不是你想得那樣，我沒被威脅就是了。」

同學聽完，眉心幾乎快打結了，反覆思考後才慎重地問：「這樣的話，你們……在交往嗎？」

「唔……」謝亞鑲又陷入猶豫。

雖然他跟張鯨太已經有說開了，但就現況而言，他們的關係還停留在奇怪的曖昧期。

「嚴格來說，是比朋友還要更親密一點的關係而已，不太算交往。」謝亞鑲最終只能這麼解釋。

但同學更不能理解了，「什麼樣的朋友才可以互相抱抱、接吻啊？如果你是因為覺得跟男生搞曖昧很丟臉的話，我可沒這麼想。雖然其他人我不曉得，但我覺得現在這種事也不是多罕見，你這樣躲躲藏藏，讓我覺得更奇怪。」

同學的言語讓謝亞鑲陷入冗長的沉默。

「唉！真是的，要是我不要來找你就好了。我寧願什麼都不知道，也不用在這邊跟你尷尬。」眼見氣氛愈來愈糟，同學搔搔頭道。

「嗯……你可以先答應我，別說出去嗎？」謝亞鑲的心思太過混亂，最終只能先這麼拜託。

「好，我不會亂說。」同學點點頭，看著他不知所措的樣子，還是忍不住問了：「你其實……超喜歡張學長吧？都做到這種程度了，還說你們只是朋友，何必呢？」

「就跟你說我們『只是朋友』！至少現在——」

謝亞鑲又急著想解釋時，突然聽見手機傳來不妙的聲音。

他連忙拿起手機，果然，螢幕上跳出一則他現在並不想看到的訊息。

「由於無法坦誠以對，違背自己心意，雙方好感度各下降百分之三十，每日親密任務增為雙倍。請好好確認自己真正的想法。」

看著這則訊息，謝亞鑲心裡沒來由地燃起一股怒火，總覺得自己好像被說教了。

然而，一想到如今局面會變得如此古怪，根本就是這鬼東西造成的，現在竟然還反過來指責他？謝亞鑲氣得不顧同學，轉身就拿著手機傳了好幾則訊息給張鯨太。

「我實在受夠了！為什麼我們要搞得這麼尷尬？」

「學長，我變得好奇怪，我不抗拒跟你接吻，可是仔細想想，我們到現在都是一直被逼著做這些事情……但也是因為我不討厭你，你也是個很優秀的人，所以我才能堅持到現在吧？」

「你有看到APP的訊息嗎？它居然對我說教欸！」

張鯨太讀完訊息，正想回覆安撫的言語時，謝亞鑲又傳來一段話。

「學長，我還是很矛盾。我說我無法確認，是因為我感覺好像是被逼著喜歡你，雖然我一

點都不討厭你，但這種相識的方式真的讓我很掙扎……我們不應該是因為什麼鬼任務而在一起的……」

張鯨太細細讀著謝亞鑲的訊息。雖然聽不見聲音，但是他沒忘記剛才被撞見的瞬間，謝亞鑲驚慌失措的表情。

「我覺得該……到此為止了。」張鯨太輕輕撫摸著那段文字，低語著。

這時謝亞鑲已經不再傳訊息過來，他思忖了一會兒後，慢慢地回覆對方。

「亞鑲，今天之後的親密任務就別做了，如果你這麼難受的話，就不要勉強。我也不喜歡勉強別人，那樣並不好受。如果你願意再信任我一次，這件事我會解決。」

「是嗎？」謝亞鑲躲在廁所的某個隔間裡，吸著鼻子，眼角發紅，顯然情緒有點失控。

「對，就像過去一樣信任我，我會把事情解決。」

謝亞鑲看著那行文字，很神奇地再次感受到張鯨太的溫柔與給人的安心感。

「好，我相信你。今天的親密任務我確實也不想做了，我想休息一下……」謝亞鑲被他說服了，想著今天休息一天也好，明天再重新開始。

然而，張鯨太與謝亞鑲想得並不一樣，但是他也不打算解釋清楚。

「今天，我必須把事情做個了結。」

與謝亞鑲結束對話後，張鯨太打開了《真實戀愛人生》的頁面。

因為剛才的變故，他與謝亞鑲的好感度下降了不少，不過還不至於發生「同極相斥」的慘況。張鯨太站在走廊邊，確認沒人經過，也不會有人在意他在做什麼，便對著手機輕聲說道：

「北善狐仙，今天我想跟祢談談，時間地點就跟最初我與祢相遇時一樣。」

張鯨太說完後，手機並沒有任何回應。

雖然心裡有點忐忑不安，但是張鯨太已經下定決心，非要遇見這位神仙不可。

傍晚，張鯨太換掉學生制服，帶著慎重的心情離開家門。

「我記得……當時是往這個方向走。」張鯨太緊抓著手機，循著當時的路線往前走。就在下個轉角處，他感受到熟悉的氣息。

眼前的景象突然變得模糊不清，讓他不得不停下腳步。道路前方竟然起了白霧，這樣的景象絕對不該出現在市中心。

張鯨太有點緊張，深呼吸一口氣後，慢慢地踏進那陣白霧裡。

一陣突如其來的強風吹得他睜不開眼，直到風聲靜止，他才能看清一切。

眼前有一棵大樹，大樹下有一間石造小廟，一切都與最初遇到北善狐仙的場景一模一樣。

張鯨太慢慢靠近小廟，卻沒有看見那穿著一身長袍的男子。

「怎麼沒看到人？」張鯨太站在小廟旁環顧四周。前方的街景像是自己的家，但是又非常扭曲，他竟忽然感到懷念。

「好像一切都回到當時了……」張鯨太想起下午謝亞鑲崩潰的訊息，不禁感到一陣心痛，低語道：「要是時間能倒轉，不知道該有多好。」

「這樣違反規定，我辦不到唷。」一道輕浮的嗓音突然打斷他的思緒。

張鯨太循著聲音回頭看，發現北善狐仙正坐在一顆大石頭上，身旁有一張木造小茶几，上面擺著整組的泡茶道具，還有一盤花生。

「北善狐仙——總算見到祢了。」張鯨太馬上對祂彎身行禮。

北善狐仙瞇起那雙細長的狐狸眼，輕笑道：「你知道我為什麼選中你嗎？」

「啊？什麼意思？」對於北善狐仙沒頭沒尾的話，張鯨太歪著頭，表示無法理解。

「我就是沒看過像你這麼乾淨的人，一點邪念都沒有，心心念念只想談一場戀愛，我就向天界高層申請，想幫你譜個姻緣。不過看你今天的表情——似乎不喜歡我為你安排的一切。」

北善狐仙無奈地嘆口氣。

張鯨太則垂下肩膀，神情相當落寞。

「我覺得很矛盾。」他悶悶地說道。

北善狐仙用長輩關懷小輩的眼神注視他許久，又朝他招招手。

「上來吧，喝個茶。」

北善狐仙剛說罷，張鯨太眨了個眼，就突然站在了祂面前，毫無預兆的移動讓張鯨太感到很驚奇。

「怎麼會……哇！剛剛明明還在下面的。」張鯨太站在高處，才發覺這顆大石頭有多高。

小廟、大樹仍在側，一切都很不真實。

「畢竟我是仙，由天界認證的正式神仙，雖然職位只是個土地公，不過我不需要人類的香火供奉，也能好好生活，雖然還是得做點業績才行。」北善狐仙優雅地替張鯨太倒了杯熱茶。張鯨太則愣在原地，不知該怎麼辦。

「坐啊！我泡了一壺上好的烏龍茶，等閒還不一定能喝到呢。」北善狐仙催促著。

張鯨太這才乖乖坐下，但仍沒有想動面前的熱茶的意思。

北善狐仙就這樣微笑著，看著他發呆的模樣，期間還剝了好幾顆花生吃，直到張鯨太被看得受不了，主動開口。

「那個……北善狐仙，別這樣一直看著我，實在有點尷尬。」張鯨太別過頭，為難地說。

「哎？明明是你自己說想跟我談談，應該是你先開口吧？」北善狐仙面露無辜地道，同時輕啜了一口熱茶。

張鯨太連忙點了好幾次頭，「對對對！我怎麼給忘了。」

「說吧，我聽著呢。」

「北善狐仙……我想請祢解除我與謝亞鑲之間的關係。」

「嗯？你確定？」北善狐仙也拿出一台手機，查看上頭的數據，柔聲說道：「數據還不錯啊，雖然今天的好感度下降了不少，但是明天的親密任務就可以補回來了。再說我看你們關係也挺好的，為什麼突然想解除？」

「因為亞鑲他……雖然他真的是我很理想的對象，但下午發生了一些事情，讓我覺得……他一直說我們只能是朋友，大概是因為我們相遇的方式不對，才會像現在這樣，一直處於不上不下的關係。而且今天中午我們在執行親密任務時，還被他的同學撞見了……當時他有多驚慌失措，我現在回想起來，都覺得心疼。」

「只是被看見接吻而已，有什麼好驚慌的？」邶善狐仙輕哼一聲，顯然不能接受。

「不是驚慌的問題，我覺得他說得對，從頭到尾他都是被強迫的，只是因為我們都不希望惡運降臨。之前經歷過一次已經很不好受了，什麼壞事都會發生，甚至他爸媽還吵架，讓他無處可去……這些事情，如果他沒遇到我，是不會發生的。所以……從一開始，就是我錯了。」

張鯨太低著頭，語氣有濃濃的懺悔。

此刻他的腦海中，全都是這段期間解任務的情景。雖然謝亞鑲充滿朝氣的笑容很好看，但一想到這些都是他被迫展現的親密，張鯨太總感覺少了點什麼。

「可是你們在過程中，不是也互有好感嗎？我看得多快樂啊。」邶善狐仙又吃了幾顆花生，儼然想勸退張鯨太。

「說到底，我們終究是因為ＡＰＰ相遇的，而經歷了這些事情後，我覺得自然地相遇才是正確的。所以——邶善狐仙，祢可以直接解除這一切嗎？」

「解除？你想換人？」邶善狐仙無奈地點開《真實戀愛人生》。祂明白張鯨太的決心已定，也不再勸他了。

「不，我也不想跟其他人執行任務了，可以直接將ＡＰＰ解除安裝嗎？」張鯨太將手機拿到邶善狐仙面前懇求。

邶善狐仙看了他的手機一眼，並沒有立刻動手，而是俯身靠近張鯨太，說道：「你可知道，一旦解除，這陣子積累的緣分就會消失殆盡，你們將連朋友都不是，再也無法跟從前一樣——你不覺得可惜？」

「如果這樣能讓亞鑲舒服一點，我不覺得可惜。」張鯨太意志相當堅定，並將手機推得離邶善狐仙更近。

邶善狐仙低頭看著手機一會兒，道：「你這樣的表現，一再告訴我你非常喜歡謝亞鑲。在這個前提下，你還解除ＡＰＰ，不就跟失戀沒兩樣了？」

「我不這麼覺得，我可以的。」張鯨太果然沒有一絲動搖。

邶善狐仙又看著他許久，終於拿起張鯨太的手機，在螢幕上比劃幾下。

張鯨太親眼見到自己的手機發出奇怪的藍色光芒，接著光芒收束成一束，突然像破碎的玻璃一樣往下掉，短短十秒不到的時間，就消失無蹤。

「好了，我幫你解除了。」邶善狐仙將手機送回張鯨太手裡。

「亞鑲的也一樣嗎？」張鯨太拿起手機檢查，看到螢幕上的半透明心型果然消失了，這才安下心來。

「他的也消失了，從現在起，你們就不用繼續執行任務了。當然，你們的好感度也全都歸零，甚至已經沒有積累的緣分了。」

「是，我明白了。」

「真是個傻子。」北善狐仙無奈地搖搖頭，說：「後面你們的發展我就管不著了。既然目的已達成，你就快回去吧。」

「啊，是——」

就在張鯨太準備開口道別時，眼前的景象突然變成泡影。他隱約聽見北善狐仙好像對他說了什麼，可惜四周像是有電波干擾一樣，讓他只聽到了一點點。

「小子，提醒你一件事——你與他其實還有機會，但要取決於他怎麼想。如果……」

如果什麼？

張鯨太還想問清楚，意識卻無法集中。

眼前突然一片黑暗，接著一切就靜止了。

第七章

謝亞鑲醒來的時候，總覺得哪裡不太對。

心情比往常輕鬆許多，但是……感覺好像有某個東西不見了？

距離起床的時間還有三十分鐘，他就這樣躺在床上，望著天花板發呆。思緒很慢地想起過去幾週，他好像一起床就會看手機……於是他今天也照做了。

點開手機螢幕後，謝亞鑲終於發現不對勁。

「那個奇怪的ＡＰＰ——不見了！」

謝亞鑲滑了好幾下，就怕是不是自己誤放進哪個資料夾裡，還搜尋了好幾次，最後得到的答案都是——《真實戀愛人生》已經不存在他的手機裡了！

「到底怎麼回事……」謝亞鑲覺得思緒好像被阻撓一樣，這段日子很多養成的習慣都變得相當生疏，他整整過了五分鐘才想起來，好像應該聯繫張鯨太才對。

「問問看學長好了。」謝亞鑲估算著時間，對方這時候應該已經起床了。

於是他點開社交軟體，當看見「張鯨太」三個字時，不對勁的感覺更強烈了。

「好像沒有那種……被逼著去關注他的感覺了，但好感還在，這點倒是安心一點。」謝亞鑲摸摸胸口，不知為何，竟有點捨不得從前的感覺。

在複雜的心情下，他按下通話鍵。

鈴聲並沒有響很久，很快就被接起，張鯨太用熟悉沉穩的嗓音打招呼：**「亞鑲早安。」**

「學長，你看到你的手機了嗎？」謝亞鑲莫名地感到不安，那種失去某種東西的感覺正在迅速蔓延中。

「看了，APP已經被解除安裝了。」張鯨太今天特別早起，有點惆悵，也有點輕鬆。聽見謝亞鑲的聲音時，他心裡的愧疚感也沒那麼重了。

「為什麼突然可以解除？發生什麼事了嗎？」謝亞鑲慢慢坐起身，對張鯨太比以往還要平靜的態度感到疑惑。

「我昨天見到北善狐仙了，請祂解除我們手機裡的APP，因為我想直接終止這件事。過程很順利，祂很爽快地答應了。」

謝亞鑲想起自己昨天情緒失控的事，馬上明白張鯨太當時所說的「把事情解決」竟是指這個，顯然張鯨太是因為自己，才下定了決心。

「可是……學長，你不是說如果解除安裝或換人……我們……」

「是的，我們之間已經不存在任何緣分，以後你也不用為了解任務煩惱了。你已經回歸正常的生活，對於之前的種種，我向你道歉，都是因為我自己的私慾，才會發生這些事情。但從現在起，我們不用每天早上去那個巷子碰面了。」

張鯨太始終不帶任何情緒地說著話，但心頭卻感到一陣鑽心的疼痛。他不禁暗暗想著，這就好像分手一樣啊，強迫斬斷一段帶著喜歡的關係，原來這麼難受？

張鯨太口吻平靜，卻沒發現自己已經淚流滿面。

謝亞鑲當然也看不到他的樣子，只從回應裡聽出他的困惑與遲疑。

「所以我們再也……」謝亞鑲依然摸著胸口，終於體會到這種失落感是什麼意思——他對張鯨太不再有那麼強烈的喜歡了。

才剛發生而已，謝亞鑲就已經覺得非常捨不得，張鯨太過於平靜的態度也讓他感到落寞。

「我們還可以當朋友，這樣就夠了。」張鯨太抹掉臉上的眼淚，聲音始終很平靜。他很想再說點什麼，比如說他很愛聽尷尬小吉他唱歌，他覺得謝亞鑲的歌聲很好聽，很想告訴謝亞鑲，他就是大鯨魚。

但……既然現在他們已經結束那些混亂，就不該再提及這些。張鯨太決定要把這件事當作祕密，深藏心底。

就在結束通話前，他深呼吸一口氣，帶著一點不捨得的口吻，輕聲地說：**「再見。」**

謝亞鑲覺得自己還有很多話要說，但在通話過程中，他卻只能用單音回覆，就連對方的道別都沒來得及反應，通話就結束了。

「結束了……」

謝亞鑲放下手機，低頭盯著螢幕上已經空下的位置，覺得自己心裡好像也被挖空了一塊。

後來的日子，張鯨太與謝亞鑲見面的機會大幅減少，甚至連背影都看不見。謝亞鑲經常露出失落的神情，雖然他多了不少時間可以寫詞作曲，然而同好們都發現，最近他的曲子走的都是悲傷的失戀路線。

那天撞見謝亞鑲與張鯨太接吻的同學，的確也做到了守密的約定。但是他很快就發現謝亞鑲與張鯨太最近不太對勁，於是趁著中午休息，捧著便當來到謝亞鑲面前。

「亞鑲，你最近都在教室內吃飯耶。」

謝亞鑲抬頭看了他一眼，雖然反應很冷淡，還是悄悄挪出空間讓他坐下。

「對啊，沒什麼事，就不想去別的地方了。」謝亞鑲說著，一邊吃著微波便當，突然想起張鯨太約他一起吃午餐的回憶。

張媽媽的手藝很好，張鯨太的態度很溫柔，至今回想起來，他仍感到一絲甜蜜。自從ＡＰＰ不見之後，謝亞鑲意外發現，自己很常靠著那些回憶撫平空虛的內心。

同學大概看出了他的惆悵，小聲問道：「你最近都沒跟張學長見面，是不是那天之後，發生什麼事了？」

謝亞鑲放空了一會兒，才說：「還好，就是把一些事情說開了，我們現在是普通朋友。」

「你們分手了？」同學立刻露出愧疚的神情，「該不會是因為那天被我看到的關係吧？你們吵架了？」

謝亞鑲搖搖頭，並不想細談。同學看他愈來愈沮喪，略帶慌張地解釋，「亞鑲，我跟你說，被我看到真的沒什麼，兩個男生談戀愛也沒什麼奇怪的啊！現在都什麼年代了，是吧？」

看同學這麼緊張，謝亞鑲不禁失笑，反問：「你幹嘛這麼在意啊？不是你的問題啦。」

「因為我從沒看過你這樣，整個人都像快枯死一樣，我有點擔心。」

「是嗎？我只是有點累而已，我跟學長沒事。」

謝亞鑲的安撫讓同學稍微安心了些，直到午休時間結束，仍不忘表達好幾次歉意。謝亞鑲送走同學後，忍不住摸著臉龐低語：「還真像失戀，好難受……」

謝亞鑲從沒否認過自己的心情，有時候，他很想聯絡張鯨太，但是一想到《真實戀愛人生》已經不存在了，他頓時很不知所措，不知道該跟對方說什麼，最後就這樣做罷。

轉眼間，距離解除《真實戀愛人生》又過去了兩週。

這日，謝亞鑲剛結束社團活動，揹著吉他與書包疲倦地靠在公車站旁，等著要搭乘的班次到來。

「居然晚了五分鐘，真是的。」謝亞鑲看著抵達時間的跑馬燈，心裡有那麼一點不悅。周圍漸漸聚集了不少北善高中的學生，他躲入人群中等著，就在這時，突然聽見了熟悉的聲音。

謝亞鑲立刻轉頭望去，看見張鯨太正在與一名男同學交談，兩人就站在隊伍最尾端，似乎聊得很開心，張鯨太的臉上浮現愜意的微笑。

謝亞鑲看著這一幕，有那麼一點羨慕。

他不禁想著，如果《真實戀愛人生》還在，今天站在張鯨太身邊的人就會是他了。

一想到這個，他的失落感就愈來愈大，心情鬱悶，甚至不願意再看到那兩個人。

公車終於來了，乘客魚貫上車。謝亞鑲在最後一排椅子坐下，恰好能看見因為最晚上車，只能站著的張鯨太，仍與那位他沒見過的男性聊得非常開心。謝亞鑲的視線始終無法從那兩人身上移開，這時候張鯨太突然從書包裡掏出一本文學小說，一邊翻一邊繼續歡快地說話，想來對方應該是張鯨太的同好，因為一聊到文學，兩人的眼神都不一樣了。

「啊，該不會那是學長新綁定的對象吧？」

意識到這個可能性後，謝亞鑲整個人的情緒更糟了。

「我簡直像被拋棄一樣，感覺好差……好差……」謝亞鑲低著頭，再也無法去看張鯨太。直到下車為止，他整個人都渾渾噩噩的。

而住在同一個社區的張鯨太，也跟在他後面下了車。

與張鯨太交談甚歡的人，是隔壁班的同學，兩人從高一就認識了，今天是因為兩人都喜歡的作者出了新書，加上剛好一起放學，就搭上了話。但其實整個過程中，他的心思都放在離他不遠的謝亞鑲身上。

因為只能用餘光偷看對方，他的內心甚至祈禱著，希望謝亞鑲可以主動來找他攀談。可惜直到下車為止，謝亞鑲都沒有動作。

所以他現在也只能跟在謝亞鑲後頭，看著對方逐漸遠去的背影。

「怎麼好像連朋友都做不成了……」張鯨太嘆著氣，邊走邊拿起手機，看著已經空掉的A

PP位置，心裡感到無比失落。

兩人雖然住在同一個社區裡，但是沒有了維持聯繫的原因後，他們竟然連見面的機會都沒了，一切就這樣歸於平靜。

張鯨太覺得，自己如今唯一能與謝亞鑲有聯繫的時間，就是每天夜裡收看「尷尬小吉他」的直播，這是他猜測對方當天心情的依據。如果發現謝亞鑲的心情不太好，「大鯨魚」就會適時地出聲安撫他。

今天晚上，謝亞鑲比往常早結束直播，因為隔天是校慶運動會。結束前，他提及自己的體能不太好，卻還是被抓去參與不少比賽項目，讓他感到十分煩惱。

【大鯨魚】：「沒問題的，不要勉強自己就好，祝你明天順利。」

謝亞鑲看著那行文字，再次感到被安慰了。

他一直很好奇大鯨魚的真實樣貌，但對方從來都只有回應他的直播內容，不曾透露自己的身分。直播結束後，謝亞鑲的螢幕畫面還停留在大鯨魚的那段話上，他不禁伸手撫摸著那段文字，喃喃自語著：「不知道有沒有機會跟你見一面呢……」

不曉得自己一直被思念著的張鯨太，關掉直播畫面後，便播放起想辦法錄下來的「尷尬小吉他」自彈自唱的音檔，裡面有不少是謝亞鑲的自創曲。

他喜歡聽著謝亞鑲的歌聲入睡，再迎接新的一天到來。

隔天，校慶活動如火如荼地展開。張鯨太因為這次擔任醫務站的工作人員，沒有報名任何比賽項目。他塊頭大，力氣也大，如果遇到突發狀況可以幫忙扛人，加上也曾在醫務室幫忙過一段時間，基礎的包紮跟上藥對他而言都不是難事。

所以這次，那些熱鬧的競賽活動都與他無關，他就像個觀眾一樣，偶爾遇到熟人上場比賽，就幫忙拍手呼喊一下。

而這次的校慶，他的目光幾乎都鎖定在謝亞鑲身上。

只要是二年級的專屬項目，張鯨太就會從滿滿的人群中試圖尋找對方的身影，這也成了他今天最大的樂趣。

大約是下午兩點，又一個比賽項目結束。護理師正忙著在校園某一處照顧體力不支而昏倒的學生，所以只剩張鯨太一人看著醫務站。

他閒得發慌，正懊惱今天帶的書太少，沒有其他娛樂時，卻看見謝亞鑲朝著他緩緩走來。

「嗯？怎麼……」

張鯨太確定不是自己誤會了，因為謝亞鑲的視線的確是朝著他看來。

直到更近一些時，他才發現謝亞鑲用右手按著左手臂，臉上似乎有點擦傷。張鯨太就這樣懷著擔心與忐忑的心情，看著謝亞鑲來到面前。

「你、你受傷了？」張鯨太立刻起身確認。

「嗯，剛剛的趣味競賽不小心跟其他人撞到，滾了好幾圈。」謝亞鑲解釋著，看了張鯨太一眼，就馬上別過臉。

「你快進來，我幫你擦藥。」張鯨太已經忘記了剛才的忐忑，滿心只想快點幫謝亞鑲處理傷口。

這時候剛好是一年級的混合接力賽，所有人的注意力都放在賽場上，整個醫務站只剩下張鯨太一個人看守，因此也讓他們有了獨處的機會。

張鯨太很擔心謝亞鑲，急著帶他坐下，又從小冰桶裡找出一瓶運動飲料給他喝。

「我先幫你清洗傷口。」張鯨太認真地檢查傷勢，謝亞鑲則安靜地坐在椅子上，目光一直落在張鯨太身上。

直到藥水抹上手臂，傷口傳來刺痛，他才忍不住發出聲。

「嘶——」因為太痛了，謝亞鑲一度想縮手。但張鯨太一直緊握他的手腕，並抬頭關心。

「抱歉，我盡量輕點。」一對上謝亞鑲的視線，張鯨太剛才忐忑的心情又回來了。

「嗯，沒關係，學長就照自己的程序吧。」謝亞鑲努力忍住痛低語。他發現兩人的氣氛著實尷尬，好像連呼吸都得小心在意。

後來有一段空檔，他們都沒說話。張鯨太很熟練地替他包紮傷口，又發現他右腿也有一點擦傷，索性一起處理了。

謝亞鑲想起昨天放學時看到的情景，還是壓不住心情，開口問道：「學長……那個《真實戀愛人生》幫你換新對象了嗎？」

「啊？沒有啊。」張鯨太抬頭，一臉困惑地望著謝亞鑲，卻發現對方一副快哭出來的樣子。

「沒有嗎？因為昨天我看到你跟一個同學還滿親密的，我想說是不是你們……」謝亞鑲聽到他的回答後，頓時覺得有些安心。

「啊、不是不是！那是我隔壁班的同學啦，以前跟我一樣是文藝社的。我們放學的時候碰巧遇到，就一起分享了最近看的書。還有，APP我已經解除安裝了，我現在不跟任何人解任務了。」

張鯨太總算處理好傷口，慢慢起身收拾物品，回頭便看到謝亞鑲欲言又止的表情。

他想了想，還是拉了把椅子，來到對方面前坐下。

「你還好嗎？」張鯨太輕輕握住他的手腕，關心地說。

謝亞鑲有點委屈地望著他，隔了一會兒，才說：「我昨天看到的時候，以為那個糟糕的狐仙幫你換人了，所以心裡有點難受，好像被遺棄了一樣……」

「你可以直接問我啊。」張鯨太看他好像快哭出來了，實在很心疼，忍不住伸手摸摸他的臉安撫。

「我怎麼問啊？APP突然不見後，我就覺得沒理由靠近你了……害我這段時間都好矛盾，覺得有點後悔解除APP。可是我那天跟你抱怨這麼多，實在沒臉說這些。」謝亞鑲很迷戀張鯨太的掌溫，將整個臉頰都貼在對方手心裡。

「哪會。其實我一直都在等你跟我說話，昨天也是，明明在同一班公車上，卻沒有機會和你說上話，實在好可惜。」

謝亞鑲立刻抬頭反問：「所以你昨天知道我也在？」

「……是啊。」張鯨太尷尬地點頭。

兩人就這樣互看了一會兒，都想再說點什麼，可是奇怪又難以解釋的氣氛卻讓他們不知該說什麼好。

「呃……你要不要在醫務站休息一下？還是你等一下還有參賽的項目得去？」張鯨太開口問道。

「因為受傷，已經找其他同學替補了，我現在什麼事都不用做。」謝亞鑲突然覺得有些口乾舌燥，只好扭開張鯨太給他的運動飲料瓶蓋，灌下幾口。

「也是，你要好好休息才行。」張鯨太又開始檢查有無遺漏的傷口。

「學長，我可以坐你旁邊休息嗎？反正後面沒我的事，只能等運動會結束回家。」

「可以啊。」張鯨太當然沒有拒絕，還替他調整好位置。

兩人就這樣並肩坐在醫務站裡，看著前方的熱鬧光景。

「比賽好像很精彩……」謝亞鑲趴在桌子上低語，用歡呼聲判斷情況。

「混合接力好像很刺激，下午全都是接力賽呢……」張鯨太對比賽沒什麼興趣，相較於前方的熱鬧，他更喜歡此刻兩人並肩安靜的陪伴。

「學長，所以你現在也沒有……對象？」謝亞鑲忍不住將頭靠向張鯨太的手臂，大概是因為心情鬆懈下來，睏意也隨之出現。

「沒有啊，我現在一個人。當初那個APP讓我們過得亂七八糟，我不想再經歷第二次了。」張鯨太發現謝亞鑲想睡覺，便調整自己的位置，讓對方能靠得更舒服些。

「我也不想——」謝亞鑲忍不住打了個呵欠。誤會解開後，昨天被嫉妒與失落折磨了一整天的心情，此時整個鬆懈下來。

「你累了，就睡一下吧。」張鯨太輕輕摸摸他的頭，低語。

謝亞鑲蹭著他的手臂，輕輕地「嗯」了聲，就閉上眼。

片刻的寧靜與美好讓他們就這樣互相依偎著。謝亞鑲因為參加了不少項目，體力也所剩無幾，很快就在張鯨太的撫摸下睡著了，直到運動會結束，才被張鯨太叫醒。

「亞鑲，要閉幕式了喔。」

謝亞鑲瞬間驚醒，臉上還有趴睡而壓出的痕跡。張鯨太在他身旁整理著東西，還有學校特聘的護理師也在，顯然並不介意他趴在醫務站睡覺的行為。

「同學，身體舒服點了嗎？鯨太說你因為曬到有點頭昏，才會在這裡休息，就沒有打擾你了。」護理師是位溫柔的中年婦女，她見謝亞鑲起身，便過來彎身確認他的狀況。

謝亞鑲馬上意會，這是張鯨太替他想的理由。

「謝謝阿姨，我好多了。」謝亞鑲一邊揉臉讓自己更清醒點，一邊起身準備離開醫務站。

離開前，他回頭與張鯨太對視一眼，對方正用氣音向他道別。

閉幕式的音樂響起，伴隨著介於傍晚與下午的夕陽，頗有種慶典過後的寂寞感。謝亞鑲才走沒多遠，突然興起一個念頭。

他又回頭走向張鯨太，「學長。」

謝亞鑲離得很近，張鯨太看他突然湊過來，不禁倒抽一口氣。

「嗯？怎麼了？」不想被謝亞鑲發現自己的失態，張鯨太努力地讓自己看起來很平靜，但他只要不笑的時候，那張臉就變得凶狠無比。

謝亞鑲不禁悄悄在心裡感嘆，要不是因為他已經很熟悉張鯨太了，這一瞬間還真怕自己會挨揍。

「我們今天放學後一起回家吧！我在校門口等你。」謝亞鑲說罷，還摸了張鯨太的手一下，才轉身離開。

張鯨太來不及應聲，但謝亞鑲知道，他絕對會等在那裡，所以沒有等他回覆就離開，歸隊參加閉幕式去了。

解開誤會後，謝亞鑲整個步伐都輕盈得像快要飛起一般。結束後，兩人也順利地一起回家，雖然交談不多，但是比起之前ＡＰＰ剛解除時的尷尬與疏遠，現在的氣氛相當好。

「對了，你要不要來我家坐坐？我家今天沒人。」眼看就快到分開的地方，張鯨太突然開口邀約。

「可以啊，不然回去也是看爸媽吵架，雖然已經麻痺了，但還是會覺得吵。」謝亞鑲欣然同意，並勾住了張鯨太的手臂，「我們快走吧！」

兩人一進張家，謝亞鑲就熟門熟路地走進張鯨太的臥房，卸掉身上的累贅，往對方鋪疊整齊的床上一躺。

「亞鑲，冰箱有幾個鮮奶油泡芙跟紅茶，一起來吃吧。」張鯨太端著點心進房間，就看見謝亞鑲大字型躺在自己床上，不禁失笑出聲。

他喜歡謝亞鑲這樣自然又不拘小節的態度，雖然有時候像個不成熟的小孩子，但是也很可愛，讓他愈發著迷。

「好啊……學長，抱歉，我還是很睏，借我躺一下……啊，我剛剛在學校有換新的制服，所以保證不會弄髒你的床……」

謝亞鑲感覺自己整個人輕飄飄的，張鯨太的房間總有一種淡淡的木質香味。這個男人的生活習慣太完美了，實在讓人羨慕。

「沒關係啦，我不介意。」張鯨太俯身看了他一眼，見他還不打算起身，便決定不打擾他，逕自往書桌前坐下休息，習慣性地按下了接著藍芽喇叭的音樂播放器。

但是當前奏一出，張鯨太立刻全身發涼地按下停止鍵。

可惜，已經來不及了——

原本昏昏欲睡的謝亞鑲一聽見熟悉的前奏，馬上坐起身，狐疑地盯著驚慌失措的張鯨太不放。

「嗯……你不繼續睡嗎？」張鯨太試圖裝沒事，謝亞鑲則一直盯著他按下停止鍵的手。

「學長，剛剛那個，你可以繼續播嗎？」謝亞鑲雙眼銳利地盯著他手上的播放器，讓張鯨太不知所措。

「啊……不要播吧！不然會吵到你。」張鯨太收回手，想敷衍過去。

但謝亞鑲可沒那麼輕易放過他。

「學長，不會吵到的，你播吧！我想知道你都在聽什麼音樂。」

張鯨太逼不得已，只得乖乖按下播放鍵。前奏剛下，謝亞鑲就微微張開嘴巴，一副不敢置信的模樣。

接著，他再熟悉不過的，自己的歌聲緩緩地從藍芽喇叭裡傳出。

張鯨太已經不敢面對他了，用雙手擋著自己的臉，任由那首曲子繼續播放。

「這是今天第一次公開的歌曲，作為尷尬小吉他的週末特別活動而準備的。」音檔傳來謝亞鑲開心愜意的歌聲，中途還有跟大鯨魚對話的紀錄。

謝亞鑲的表情愈來愈震驚，直到聽到自己的聲音說道：**「大鯨魚，為什麼你每天都能來啊？」**

謝亞鑲記得這句話，是上週末晚上說的。他問完後，大鯨魚在聊天室回了一則訊息——「因為我超喜歡你的歌聲」。

那天他唱完這首歌後，就向大鯨魚道晚安，滿足地結束直播。

「那麼，今天的直播就到這邊了。」藍芽喇叭傳來這句話後，緊接著是另一首歌的前奏，是他更早之前發表的創作曲。

「學長，你就是『大鯨魚』？」謝亞鑲來到他面前，不敢置信地問道。

張鯨太依然用雙手掩著臉，不敢回答，任由藍芽喇叭裡的音樂流洩滿室。謝亞鑲也很不自在，因為耳邊全都是他自己的歌聲。

「我從開學到現在，起碼也直播幾個月了，這個大鯨魚超忠實的，幾乎每天都來看我的直播。雖然他很神祕，但是我一直與他相處愉快，原來……一直都是你嗎？」謝亞鑲的耳尖紅得發燙，張鯨太也與他一樣，而且還一直不敢面對他。

「學長，快回答我喔！趁我還沒生氣之前。」謝亞鑲感到有些惱火，有種被蒙騙的感覺，但更多的卻是害羞的心情。

「就……我第一次遇到北善狐仙的時候，祂告訴我晚上會給我選中的對象，然後在那天晚上，我就收到了你直播的標題，有點茫然地跟完了直播。與你相遇後，我看到你手上的特徵與那個『尷尬小吉他』一樣，我就確認……他就是你。」

張鯨太從頭到尾都用手遮著臉說話，語氣有點含糊，又有點不敢面對。

謝亞鑲聽完後，呼吸急促地瞪了他許久。因為沉默時間過於冗長，張鯨太覺得不太對勁，小心翼翼地抬頭，才發現謝亞鑲不知何時已經來到他面前，近距離盯著他。

「呃……那個，亞鑲，太近了……」張鯨太忍不住後退，但謝亞鑲又緊貼過來，而且離他更近了。

「學長，你居然隱瞞了我這麼久？」謝亞鑲微瞇起眼。

「對不起……」張鯨太又低下頭道歉。

「然後，從APP安裝到卸載為止，你竟然提都不提，一直偷偷地繼續聽？」

謝亞鑲突然停頓下來，望向藍芽喇叭，因為現在播的歌曲，是他前陣子因為剛解除APP，無法接近張鯨太而創作的曲子。

曲子聽起來非常悲傷，歌詞很痛苦，就像被遺棄一樣。然而對於現在已經不是那種心情的謝亞鑲來說，聽來只覺得特別羞恥。

「因為我實在找不到機會跟你坦白……而且我們認識到今天，你也沒提過你晚上會直播，我就想……如果你不想講的話，我就尊重你。」張鯨太縮著脖子解釋。謝亞鑲離他實在太近了，呼吸的熱氣都噴到他的臉上。

「然後我每天晚上都在跟大鯨魚分享心事，前一陣子我說感覺失戀了，你還安慰我，說遲早會遇到新戀情，你……你……」

謝亞鑲現在滿腦子都是自己曾對大鯨魚說過的話，臉上也紅得發燙。

之前他覺得大鯨魚只是網路上無意間認識的網友，所以認為向對方訴說心事，也不會洩露到熟人耳裡，因此放心地說了很多內心話。結果沒想到，從頭到尾他傾訴的對象都是張鯨太，他戀愛煩惱的對象也是張鯨太，換句話說，這數十天以來，他一直放心、交心的對象，根本就是他暗戀的人。

「所以，我說的那些煩惱，你都知道我是指誰？」謝亞鑲的臉幾乎快紅透了，滿滿的回憶正在腦海裡不斷回放，幾乎讓他全身熱燙到快炸開。

「起初我沒聽懂，以、以為你可能有喜歡的人，直到APP解除安裝後，你幾次提到自己好像失戀一樣，我才隱約覺得你可能是在指我……但我不太確定喔！不是很有把握……」

「我的天啊，這麼丟臉的事……啊啊啊！我現在真的好想挖個洞把自己埋起來！」謝亞鑲因為過於羞恥，慌張地在房間內轉圈圈，最後無力地倒在張鯨太的床上，將臉埋在枕頭裡繼續哀號：「太丟臉了！我的媽啊……學長，你居然就這樣隱藏身分，都不跟我說！我還以為遇到了很忠實的歌迷，每天晚上都超期待大鯨魚來聽歌。喔……你真的是……我從今天起就要退出直播，尷尬小吉他結束了！我不播了！」

張鯨太這下再也坐不住，連忙來到他面前，俯身攀著他的肩膀，「不要結束！不可以！我每天晚上都會聽你的直播，已經養成習慣了，沒聽會睡不著，你別這樣……」

「啊？你還當睡前音樂喔？啊啊啊愈講愈丟臉……為什麼你要這樣啊？可惡，我不播了！明明唱得那麼隨便，你為什麼要這麼死忠啊？吼唷——」謝亞鑲抱頭大叫著。

「因為你唱得很好聽啊！我真的是因為喜歡你的歌聲才一直聽，拜託你不要結束，繼續直播吧！我真的非常喜歡。」張鯨太就怕自己的睡前樂趣消失，著急得抱住他不住請求。謝亞鑲只覺得很丟臉，將臉埋在枕頭裡不想面對。

「我不要——尷尬小吉他完結篇了！沒了！」謝亞鑲仍然很堅持。

張鯨太這下更著急了，乾脆將他翻過來面對自己，雙手捧著他的臉。

「亞鑲我跟你道歉就是了，別讓尷尬小吉他結束，別這樣……」

謝亞鑲覺得自己整個人幾乎要沉入柔軟的棉被裡，他委屈地盯著張鯨太，說道：「可是你真的很過分，也隱瞞太久了……」

「我跟你道歉，真的。原本只是覺得如果你不想說，我就不戳破……對不起。」

「唔……」謝亞鑲仍然拋不開羞愧的心情。

張鯨太繼續啞著嗓子請求，「亞鑲，拜託你。」

謝亞鑲被他嘶啞又低沉的嗓音吸引，羞恥與興奮燒熱了他的腦子。他迷迷糊糊地盯著誠懇又認真的張鯨太許久，突然說道：「親我嘴巴。」

「啊？」張鯨太神色呆滯，沒料到會聽見對方提出這種請求。

「親我嘴巴，我就考慮要不要繼續直播。」

張鯨太頓了一下，才湊近他。

謝亞鑲在碰到對方嘴唇的第一秒，就取得主導權。他伸手壓住張鯨太的後腦勺，熱切地親吻著，從嘴巴到脖子都不放過，同時手上急躁地解開對方的制服釦子。

張鯨太意識到他想做什麼，立刻挺起身，猶豫地注視他。

「你想繼續嗎？」看見謝亞鑲眼裡充滿誘惑的情慾，張鯨太語氣卻依然不失溫柔。

「如果我說，這次你做到底，我就會繼續直播……你做不做？」謝亞鑲扭著身軀，兩人下身相貼，隔著布料互相摩擦，性器已然有勃起的跡象。

張鯨太腰身一軟，呼吸變得急促不已。

「學長……要不要？」謝亞鑲也愈來愈忍不住了，他手順著張鯨太的腹肌往下摸，伸入張鯨太的褲頭裡，抓住那根已經勃起的性器開始套弄。

「唔……好……」張鯨太喘了幾聲，抓開他的手，起身往書櫃裡翻找。

謝亞鑲躺在床舖上，磨人的情慾讓他意識難以集中，模糊地看著張鯨太翻找出兩樣東西後，彆扭地回到他面前。

「學長，這是什麼？」謝亞鑲定睛一看，才發現張鯨太手上拿著保險套與潤滑劑，不禁笑道：「你這次有準備啊？」

「嗯……」

張鯨太拿著這兩樣東西，卻遲遲不動，不知該如何下手。謝亞鑲朝他拋去一個勾引的媚態眼神，同時慢慢地伸手褪去自己的褲子與內褲。

「來吧，總要先脫衣服吧？接著你會用了吧？」謝亞鑲邊說，邊開始解開自己的上衣釦子。此刻他身上只剩下解開釦子的制服上衣和雙腳上的白襪子，光裸的下身完全暴露在張鯨太眼前，看在張鯨太眼裡，只覺得十分性感。

「嗯，好……」張鯨太看著謝亞鑲白皙纖細的身軀，手臂上還貼著紗布，終於再也忍不住，褪去褲子，有點害羞地撕開保險套，緩慢地套進自己勃起的性器。

「學長，你看起來像是第一次——感覺好笨喔。」謝亞鑲被張鯨太笨拙又認真的動作逗笑了，卻也感受到對方一如往常的作風——認真做過功課，凡事小心翼翼。他伸手往下摸，還發現床上多了一層保潔墊，他記得上次過夜時還沒有這些。

顯然，張鯨太已經有準備，打算在這個房間做點什麼。

「別笑我。」張鯨太羞澀地丟下這句話後，重新回到他身前，摸出放在床邊的抱枕，墊在謝亞鑲的腰下。

於是謝亞鑲被擺成了抬高下身、張開大腿的姿勢，兩腿間的私密部位都被張鯨太一覽無遺，這時候他才覺得稍微有點羞恥。

「唔……接下來，我就交給你了喔。」謝亞鑲像是把性命交出去一般慎重，並閉上了雙眼。

接著，謝亞鑲感覺到兩腿間傳來一陣帶點清香的濕潤感。粗糙的手指摸上他的大腿內側，前所未有的觸感讓他全身一顫。很快地，他就感覺好像有什麼東西侵入他的體內。

第八章

這是謝亞鑲不曾體驗的感受。張鯨太在他腿間細心擴張，潤滑液也不斷增加，手指或轉或搔，在他體內不斷動作著。謝亞鑲昏昏沉沉，看著自己勃起的性器被冷落，忍不住伸手替自己套弄幾下，突然覺得有點委屈。

「學長，你可不可以幫我摸摸這裡？」他扭著腰，帶著幾分羞澀的口吻問。

「嗯？」張鯨太滿腦子都是不想傷到謝亞鑲的想法，此時猛然抬頭，看到那雙淚汪汪的眼睛，不禁倒抽了一口氣，「幫你摸……？」

張鯨太的思考比平時還要遲鈍，還是循著謝亞鑲的指引，才意會過來。

「快點，我沒辦法自己來……我使不上力……」謝亞鑲滿臉通紅地說著。他不敢說出口的是，張鯨太只是替他擴張而已，居然讓他體會到不曾有過的快感。他的注意力全都放在下身的酥麻感，喘息與呻吟交錯，全身沁著汗水。

「好，我知道了。」張鯨太將扣著他腰部的手慢慢挪過去，圈住謝亞鑲勃起的性器，緩緩地上下套弄。

「嗯……啊……好、就這樣……」謝亞鑲滿足地發出低吟，那小小聲呻吟又沉迷的模樣，讓張鯨太看得失神，不禁想著，這樣的謝亞鑲真可愛啊……

不過熟悉謝亞鑲個性的他，知道這種話不適合現在說，否則謝亞鑲一定會因為太害羞而忍住呻吟，這麼一來，就看不到對方可愛的一面了。

「這樣可以嗎？」張鯨太悄悄加快套弄的速度，聽著對方愈發急促的喘息，知道自己做對了。

「嗯……」謝亞鑲的眼神中帶著連自己都沒察覺的嫵媚，他看了張鯨太一眼，對方剛好套弄的力道大了些，讓他忍不住重重地粗喘一聲，「嗯、啊……」

謝亞鑲大大地顫抖了下，勃起的性器已經在噴發邊緣。他雙腿大張，張鯨太就橫在他的兩腿間，俯身親吻他的嘴，努力地擴張那青澀而誘人的後穴。

「學長……好了……」謝亞鑲甜膩地呻吟著，同時扭了一下腰肢，表示他已經快受不了了。

「再一下吧？」張鯨太勾著手指，繼續慢慢地攪動，讓謝亞鑲又喘了幾聲，才有辦法說話。

「我快忍不住了……你這樣，我反而很難受。」

張鯨太聽到謝亞鑲這麼說，立刻鬆開握住他性器的手。

「好。」張鯨太撤出手指，慎重地看了謝亞鑲一眼。

接著他緊張地深呼吸幾口後，扶著自己的性器，慢慢地推進謝亞鑲的後穴。

「啊……有點……痛……」謝亞鑲忍不住縮起腳趾，他此刻兩腿架在對方的肩膀上，感受著性器侵入自己體內的怪異感。

「我盡量慢點……」張鯨太聽到他的痛呼，速度慢了些。

「好……好像比我想得還要痛……可是我可以，哈啊……」謝亞鑲的呼吸愈來愈亂，就算閉上眼，也能在腦海裡想像對方性器在自己體內的樣子。他恍惚地想著，也不是第一次看到張鯨太的性器了，但此時卻還是很難想像，對方那個尺寸，到底是怎麼進去那裡的？

「亞鑲，你還好嗎？」張鯨太怕謝亞鑲會痛，忍耐地緩慢抽動著。

「嗯……好像可以習慣了……」謝亞鑲忍不住抖了一下，因為張鯨太的抽送蹭到了某個位置，比起快感，讓他感覺到更多舒服。

「學長，你可以放心地進來啦……快一點也可以。」謝亞鑲太清楚張鯨太的猶豫，乾脆扭腰主動迎合，卻換來對方遲疑的注視。

「真的可以？」張鯨太進出的速度還是很慢，他想小心保護眼前的人，如果為了這種事傷害到對方，他可是會愧疚很久的。

「可以啦，你這樣慢慢的，我更難受……」

張鯨太在他的勸說下，漸漸放下顧慮，抽送的速度總算願意變快。

「嗯……好，就是這樣。」謝亞鑲不禁瞇起眼，露出享受的表情。

張鯨太看著謝亞鑲沉溺情慾的模樣，情不自禁地抬起他的手，在手背上落下親吻。

「嗯……好癢喔，學長……」

謝亞鑲望著上方，眼神迷離。後穴的疼痛漸漸變成快感，他開始本能地扭動身軀，迎合張鯨太的衝撞。

「這樣可以嗎？」過程中，張鯨太還是會稍微放慢速度關心幾句。

「可以，你可以快一點……更好。」

「好。」

在他主動的邀請下，張鯨太漸漸加快抽送的速度。謝亞鑲小聲的呻吟著，兩人都為此而著迷，親密地感受著彼此。

「哈啊……學長我要射了……」謝亞鑲張著口，張鯨太低頭，看見謝亞鑲用勾人的眼神望著他不放。

「怎麼了？」張鯨太停下動作。

「我們一起射……學長也快了吧？」

謝亞鑲說罷，便扭著身軀，性器頂端噴出白濁，沾染到對方身上。

張鯨太也意識到自己快射出來了，連忙拔出性器，才徹底噴發。

「你也拔太快……可惜，下次可以別戴套嗎？讓你射進來……」謝亞鑲的喘息變慢，帶著幾分惋惜地說，換來張鯨太沒好氣的回瞪。

「這樣你會肚子痛啦，我捨不得傷你。」

「嗯……好啦。」謝亞鑲滿足地笑了笑，感受到對方真的很珍惜他，內心只有滿滿的幸福感。

「我幫你清一下？」張鯨太看著兩人身上一片腥羶，輕聲問著。

「我自己可以……」

雖然經過這番折騰，謝亞鑲很不想移動，但是一身的泥濘讓他還是想快點弄乾淨。於是兩人快速地洗過澡、清理之後，謝亞鑲身心清爽地躺在張鯨太的床上睡覺。

「啊，睡著了？」張鯨太裸著上半身，擦乾自己的頭髮。

此時已經是晚上十一點，看著昏昏欲睡的謝亞鑲，他想起這時候是對方往常開直播唱歌的時間，又想起謝亞鑲想停止直播的念頭。

張鯨太並不想失去對方的歌聲。擦乾頭髮後，他快速爬上床，替兩人蓋好被子，然後溫柔地抱住半夢半醒的謝亞鑲。

「亞鑲──」張鯨太聞著他身上沐浴後的香氣，忍不住親吻他的後頸。

「幹嘛……」謝亞鑲覺得有點癢，縮起脖子躲避。

「直播別停，我真的很喜歡你的歌聲。」張鯨太認真地說著。

謝亞鑲翻過身，與他面對面。因為太突然，張鯨太猝不及防，兩人的嘴唇就這樣碰到了一起。雖然只是輕輕一下，卻引得張鯨太接連又親了好幾下。

謝亞鑲嘆了口氣，捧住張鯨太的臉龐說：「吼！我都要忘記了，你又提起。」

「因為我喜歡……」張鯨太緊緊將他抱住，無辜地低語。

謝亞鑲很喜歡他的擁抱，覺得溫暖又舒服。他窩在張鯨太的懷裡，突然開口：「大鯨魚。」

「啊？」

「你最喜歡尷尬小吉他的哪首歌？」

「我第一次聽你直播時，你唱的那首歌。」張鯨太永遠記得那一刻。

他磨蹭著謝亞鑲的脖子，說出那首歌名。謝亞鑲輕咳一聲，便輕聲唱起那首歌。

張鯨太沒料到他會突然唱起來，雖然不是平常熟悉的唱腔，但他的歌聲就像是溫柔的輕聲細語，讓人忍不住想瞇起眼細心感受。

謝亞鑲沒有把歌曲唱完，最後有點含糊地慢慢停下，入睡。而張鯨太也在他睡著後，跟著入睡了。

隔天恰好是週六，兩人直到接近中午才清醒。謝亞鑲睜眼的瞬間忘了自己在哪，看到身旁的張鯨太，才想起昨晚發生的一切。

「啊……」他才一動，痠痛的全身就讓他痛呼出聲，吵醒了張鯨太。

「怎麼了？」張鯨太睡意濃厚，翹著一頭亂髮，緊張地望向他。

「被你昨天搞得全身痠痛啦！」謝亞鑲揉著自己的腰抱怨。張鯨太聽聞，連忙起身跟著幫忙揉。

「抱歉。」張鯨太一邊道歉，一邊幫忙按摩。謝亞鑲看了他一眼，很享受被溫柔對待的美好。

「學長。」謝亞鑲就這樣坐著，任由對方揉著自己的身體，輕聲喊道。

「嗯？」

「你還想談戀愛嗎？」

張鯨太被這麼一問，不禁停下手，一臉錯愕。

謝亞鑲看著他，露出好看的笑容，又重複了一次，「你還想談戀愛嗎？」

張鯨太呆滯地望著他，沒有回答。謝亞鑲等得有點心急，便伸手戳戳張鯨太的臉頰，說：「所以你不願意嗎？」

「啊——不，我願意！」張鯨太終於回過神，連連點了好幾次頭。

謝亞鑲聽見想要的答案後，便伸手勾住他的脖子，又吻了上去。他們接吻的技巧與默契都很好，顯然是因為過去解過任務的關係，已經很熟練了。

這個吻持續了很久，直到謝亞鑲快喘不過氣來，他們才放開彼此。張鯨太滿臉通紅地望著他，「這個……我們應該不會又被裝了那款奇怪的APP吧？」

他很怕自己是不是又被那個邶善狐仙搞了，趕緊摸來茶几上的手機點開一看，確認上頭沒有讓他們膽顫心驚的透明心型符號後，才安下心來。

謝亞鑲也看了一眼，並摸摸自己的胸口，安心地說道：「好啦！學長，我們不是受什麼奇怪的好感度影響，是真的想談戀愛啦。」

「嗯……」張鯨太放下手機，接著慎重地向他彎身行禮。

這舉動讓謝亞鑲很不解，他正要開口，就看到這個高大的男人維持著這個姿勢，說：「亞鑲，從今天起請多多指教。我可能是個不夠完美的男友，但是我會盡量跟你好好相處。」

謝亞鑲被他的鄭重嚇得不知所措，呆呆看著熟悉高大的身影，無法反應。

張鯨太因為他的沉默，悄悄抬頭看了他一眼。謝亞鑲恰好與他對上視線，兩人驀地都感到害羞。

「又不是求婚……幹嘛這麼認真啦。」謝亞鑲嗓子微啞，相當羞澀地說道。

「因為是……初戀。」張鯨太坐起身，別過臉難為情地回應。

「真是的……好啦，請多多指教。」謝亞鑲悄悄地碰碰張鯨太的手指。

「嗯。」張鯨太感受到他的碰觸，隨即反手扣住他的手，讓兩人十指交扣。

雙方就這樣維持著一樣的姿勢，許久。

「啊！」張鯨太這時突然想起，還有件重要的事沒確認！他趕緊抓住謝亞鑲另一隻手，認真問道：「你的直播，尷尬小吉他能繼續吧？不要停。」

「你怎麼還在意這件事啊？」謝亞鑲沒好氣地瞪了他一會兒，才說：「好啦——不然我晚上就碰不到大鯨魚了。」

也是因為謝亞鑲其實每天晚上都很期待大鯨魚的出現，更是好奇這個特別支持他的粉絲到底長什麼樣子，沒想到，原來他想念的人，始終都是同一個人。

只能說邶善狐仙真的是很會安排驚喜。

兩人就這樣進入了交往的階段。大概因為是初戀，張鯨太每天都在思考著該怎麼對待這段關係，卻也因此造成了謝亞鑲的負擔。

謝亞鑲雖然很喜歡被這個高大又溫柔的男人呵護，但是某些時候，他也很想問問張鯨太，到底都是從哪抄來這些噁心又肉麻的情話。

早上六點半，原本總愛賴床到最後一刻的謝亞鑲，在張鯨太的影響下，已經養成了早起的習慣。然而清醒時他總喜歡掙扎一下，同時逃避著不點開張鯨太傳給他的訊息。

「啊……我實在沒勇氣看啊！學長到底都是從哪裡知道這種奇怪的句子……」

謝亞鑲將手機丟到一旁，閉眼想多睡一下。但是躺了一會兒，想了想，他還是拿起手機回訊息。

「學長，早安啊！我也愛你喔。」

抿著嘴送出訊息後，謝亞鑲突然覺得很羞恥，又把手機丟向一旁，兩腿夾著抱枕，低聲唉叫。

「唉唷──我的天！我怎麼會回這種訊息給學長啊？我到底怎麼了啊？我白癡嗎？可是學長寫那麼一大段，不回的話，又怕學長想太多……」謝亞鑲將臉埋進枕頭裡，低聲說著：「我真的不想要看到他失望的樣子，吼唷──」

一邊抱怨著自己不像平常的自己，謝亞鑲就這樣品嚐著什麼叫做戀愛。

張鯨太顯然等這一刻等了很久，對於戀愛的規劃他有許多安排，雖然大部分都在《真實戀愛人生》的每日任務裡出現過。因此張鯨太開始試著變花樣，譬如一起吃飯、一起約會、一起看電影，各種能一起的事情，他都想跟謝亞鑲做，謝亞鑲也努力配合他。

但是由於太過積極的關係，謝亞鑲也開始逐漸產生疲倦感。

今天張鯨太的規劃是一起去吃冰、約會，他帶謝亞鑲去過許多想去的地方，那家冰店也是夢想清單之一。謝亞鑲不討厭這個安排，只是對於張鯨太帶他去的地方都是些懷舊的地點，讓他不禁困惑這個人心中的戀愛模式到底是什麼樣子？

「你想吃什麼口味？」張鯨太望著玻璃櫃裡的配料問道。

「嗯……普通的八寶冰就好了，我沒特別想吃的。」謝亞鑲對飲食不太要求，點完餐後就找了個靠窗的位置坐下。

張鯨太幫他點了餐，又自選了幾樣配料，也過來找他。兩人聊了許多瑣事，包括升學的煩惱，偶爾話題還會帶到謝亞鑲的直播。

他們點的冰品很快就上桌了，謝亞鑲卻發現對方還多點了一份三色布丁。

「昨天說要準備補考的課程，所以暫停了直播，今天考試還順利吧？」張鯨太吃了一口冰問道。

謝亞鑲發現布丁裡有他不愛的芋頭，正一個一個挑起放到張鯨太的碗裡，一邊說道：「還算順利，勉強過關。」

「喔——」張鯨太沒有拒絕他放過來的芋頭，倒是有些心不在焉，似乎在猶豫要不要繼續問下去。

謝亞鑲吃掉一口冰，又挖了一口。他當然早就察覺張鯨太欲言又止的眼神，所以吞下冰與布丁後，趁著旁人不注意，往前在張鯨太的臉頰上落下一個親吻，「我知道你想聽直播啦！一直想問我對不對？」

「唔——嗯。」張鯨太沒料到對方會突然這麼做，恍惚地撫摸著剛才被吻過的地方，不禁臉紅了。

「我今天不開直播。」謝亞鑲舔舔唇，又吃掉一口冰。

「啊？可、可是——」張鯨太一聽，彷彿是惡運降臨一般，露出失望的眼神。

謝亞鑲就怕這種眼神。他本來想多鬧張鯨太一點，卻馬上就心軟了。

「真是的，學長，我真的怕爆你這個眼神了。」謝亞鑲別過頭，又挖了一口冰吃，試圖裝作不在意。

張鯨太馬上摸摸自己的臉，問：「我剛剛很凶嗎？有嚇到你嗎？」

謝亞鑲偷偷瞄了他一眼，見他慌張地拿起手機，透過前鏡頭觀察著自己的臉，努力扯起笑容，看上去卻還是很洩氣的樣子，不禁有些心疼。

張鯨太非常在意自己的外表容易嚇到人，謝亞鑲見他這麼不安，忍不住握住他的手說道：

「學長，你很帥，無論別人怎麼想，都是誤會，是因為他們不懂真實的你。每次看到你很介意自己是不是嚇到別人，我其實滿心疼的……」

張鯨太放下手機，看著被握住的手，不禁露出淺淺的微笑。

謝亞鑲沒錯過這個笑容，又說道：「學長這樣笑就很好看，雖然你只會在我面前這樣笑。啊，對了，學長，你別在外人面前笑，我不想讓他們看到學長的笑容。」

「啊……」張鯨太被他毫無預警的發言惹得不知怎麼回答，小聲問道：「為、為什麼？」

「因為我是你男友啊！我看還是繼續讓大家誤會你好了，這樣就不會有人發現真正的你有多好。我超怕哪天你又突然像那個萬人迷事件一樣，大家都想接近你，這樣我實在沒有勝算，超怕你會被搶走。」

「我不會。」張鯨太連忙握住他的手，緊張地喘了幾口氣後才說：「我才不會被搶走，我喜歡的人只有你。」

謝亞鑲很享受這甜蜜的愛意傾訴，他順勢摸了摸張鯨太的手，又對張鯨太勾勾手指，讓對方離他更近一些。

「要幹嘛？」

在張鯨太愣愣地靠近時，謝亞鑲又在他鼻尖落下一個親吻，用只有他們兩人聽得見的音量開口：「晚上十一點的時候，你記得手機要充飽電喔。」

謝亞鑲說完，又繼續吃冰。張鯨太被他撩得全身發燙，一時猜不到謝亞鑲究竟要做什麼。

強制撩男

當天晚上，張鯨太洗過澡後，在書桌前溫習，九點整時看「尷尬小吉他」發了公告，寫著「今晚直播暫停一次」。

張鯨太看著公告，心裡有點失落。不過他還是記得謝亞鑲的要求，把手機充飽電。

距離十一點還有五分鐘，沒有直播、讀書進度也達標的張鯨太早早就躺上床醞釀睡意，一邊猜測著謝亞鑲到底在做什麼打算。

就在十一點整，放在枕頭旁的手機準時響起。張鯨太眨眨眼，緩慢地按下接通鍵，卻聽見謝亞鑲不耐煩地說道：**「學長，你為什麼這麼晚才接啊？」**

「啊——我沒想到你會打電話來。」張鯨太還沒回過神，慢慢回道。

「真是的，算了。你要睡了嗎？」謝亞鑲嘆了口氣，又問道。

「嗯，因為今天你直播暫停，所以我想早點睡覺……」

「這不代表我今天不唱歌啊，你手機有照我說的充飽電吧？」謝亞鑲說話的同時，也傳來了撥弄吉他弦的聲音。

「有。」張鯨太點點頭，聽見清晰的熟悉前奏。

「今天不直播，但是我要替我男友開一場獨家演唱會，不留檔——」

謝亞鑲開始哼起歌曲，是他前陣子發表的自創曲，也是大鯨魚說過最喜歡的歌曲。

「不、不留檔？我手機沒錄音程式啊！」張鯨太惋惜地喊道。

謝亞鑲不禁停下手，一手掩著自己的臉。

「吼，幸好沒有開視訊，你看不到我現在的表情。」

說完，謝亞鑲又繼續撥弄吉他弦唱下去。

「為什麼？你平常直播也只會露出手，我真的很好奇每次你唱歌的表情是怎樣。」這是張鯨太最想知道的真相。謝亞鑲不曾在他面前唱歌過，儘管他每天都在聽對方直播。

「這樣我更不想給你看了。」謝亞鑲哼個幾句歌詞，就會趁空反駁。

張鯨太有些失落。

謝亞鑲聽見他失望的嘆息，忍不住還是說道：**「好啦，我自己有開錄音啦，到時候再給你檔案。」**

「是影片檔嗎？」張鯨太一聽，眼睛都亮了起來，充滿精神地問道。

「是音檔。」謝亞鑲無情地道。

「咦——唉！」張鯨太一下子又沒力了。他多希望能看到謝亞鑲唱歌的樣子啊！

「好啦，大鯨魚的專屬演唱會要開始了，你到底要不要聽？」

聽到這番話，張鯨太的心也加速跳著，原來這就是對方今天想做的事情。

「我要聽——」張鯨太輕聲地、充滿期待地說。

「那麼，就從第一首開始。」

謝亞鑲開始唱起歌，張鯨太立刻聽出，這是他第一次闖進尷尬小吉他的直播裡時所點的歌。

伴隨著輕柔的歌聲，張鯨太就這樣睡著了。謝亞鑲聽見他的打呼聲，便停下演奏，同時按下了錄音停止鍵。

確保對方不會在音檔裡聽到後，他對著手機，輕聲說道：**「學長，雖然我不太喜歡那個奇怪的APP，但矛盾的是，如果沒有它的話，我就沒機會認識你了。緣分是很奇怪的，沒了APP，我才知道自己是真的很喜歡你。說真的，我說過很怕你會被搶走，這是真話。你是個很優秀的男友，如果被人發現你的好，一定會來跟我搶……學長，喜歡你……我是真的好喜歡你。」**

謝亞鑲說完，再次聽見張鯨太的打呼聲，便帶著幾分燥熱與害羞地結束通話。

而張鯨太聽見通話結束的提醒聲後，馬上睜開眼。

打呼是他刻意假裝的，一開始只是想讓謝亞鑲早點結束演唱會，早點睡覺休息，卻沒有料到竟會聽到謝亞鑲真誠的告白。

他輕輕嘆息一聲，將手機貼在胸口，有些懊惱地低語：「我怎麼就沒想到要錄音呢……」

快樂地談戀愛讓日子過得很快。這段期間，面臨大考的張鯨太還是很認真地準備考試，他在校內成績不差，加上有繁星推薦資格，順利錄取第二志願，比班上不少人都提前結束了考生生涯。不過令人意外的是，他打破了熱愛文學的形象，居然選擇了理工相關的科系。

放榜當天，還有個人比他更緊張。

遠在二年級教室上課的謝亞鑲，心神不寧地不停按開手機，等著對方回報消息。九點多時，他終於收到了張鯨太的訊息。

「我錄取了！」

謝亞鑲著實鬆了口氣。但是一想起對方想就讀的志願科系，另一個煩惱隨之而來。

張鯨太畢業後，就得離開北善了，所以接下來免不了是遠距離戀愛的問題。況且以學習能力來說，謝亞鑲根本沒把握可以與張鯨太同校或同縣市。

那頭的張鯨太正在開心自己的大學有了著落，還沒有想到這個問題。謝亞鑲有點失落，卻又不想破壞氣氛，最終還是把「這樣，我們以後見面的機會就變少了」的文字刪除，改成「恭喜啊！放學後去吃個大餐慶祝吧」。

張鯨太欣然答應。直到數天後，他才察覺到謝亞鑲的煩惱。

那天又逢週末，張家雙親自從迷上戶外露營後，每到六日就會與認識的同好前往各個祕境、山區露營，也讓還在熱戀期的謝亞鑲與張鯨太有機會快樂地共處。這也是為什麼原本幾乎天天開直播的「尷尬小吉他」，最近一到週末就會休息的原因。

晚上十一點，兩人已各自洗完澡，身體香香地、心情輕鬆地一起躺在單人床上。他們還不打算睡覺，一個正專心看著影片，另一個則在閱讀剛買來的文學書籍。

謝亞鑲的心情很浮動，經常按下暫停，靠著張鯨太的肩膀磨蹭索吻。張鯨太從不拒絕，只是在第三次接吻時，隱約察覺對方有些不太對勁。

「亞鑲你怎麼了？你看起來有點心事。」張鯨太放下書，將躺在身側的人抱進懷裡，問道。

謝亞鑲順勢窩進他的胸口，猶豫了一會兒，才說：「我爸媽確定要離婚了。」

「啊……這樣啊……」張鯨太沒料到是這樣的消息，心裡感到遺憾，又怕給對方二度傷害，所以回應得特別小心。

「你不要覺得尷尬啦！你又不是不知道狀況，這也是遲早的事。我今天來找你之前，才剛與他們談過。」謝亞鑲馬上就猜出他的想法，蹭蹭張鯨太的胸口後，情緒還算平靜地道。

「喔？談什麼？」

「就是電視上演的，你想跟爸爸還是媽媽那種戲碼，居然在我面前真實上演了。」

「那你……」張鯨太皺起眉，無法想像在這種情形下，自己該如何抉擇。這時他才意識到自己與謝亞鑲家庭背景差異甚大的事實。

「房子是我爸的，考慮到我的學籍，又馬上要升高三了，我會繼續住在這個家。反正我已經快成年了，跟誰也都沒差。倒是我爸媽對於我過於冷靜的態度，好像有點意外。」謝亞鑲悶聲道。

「為什麼覺得意外？」

「可能在我爸媽的料想中，我應該有點悲傷或惋惜的反應吧？但我的態度卻像是跟我毫不相干的人要離婚一樣，我媽看我的眼神好像覺得——我有點冷血。」謝亞鑲說罷，就著這個姿勢安靜許久，全身好像都在發顫。

張鯨太輕輕拍著謝亞鑲的背安撫。他知道這個人好面子，不想被看見脆弱的一面，因此就算發現對方好像在哭，也裝作不知道。

「我只是覺得，都做好準備了，才不想花力氣去表達這些多餘的情緒，而且在這之前，你也已經開導我好幾回了，所以……我才能這麼平靜。但是我不是冷血，我一點也不冷血，我當然不希望他們走上這條路，可是……我阻止不了啊！」

「你做得很好啦。」張鯨太努力忽視他正在哭泣的事實，暫時按下很想替他抹去眼角淚水的念頭。

「嗯……謝謝。」謝亞鑲吸吸鼻子，情緒似乎好轉許多，只是仍然維持一樣的姿勢，眼淚流個不停。

張鯨太只能繼續輕拍他的背部安慰他。

「學長，你什麼時候得離開北善？」謝亞鑲突然又轉了話題，說起這個讓他一想到就很失落的事實。

「啊……應該是開學前一天才會上去。我打算住學校的宿舍，按規定，開學前三天就能住進去了。」張鯨太沒有多想，很快地給了他答案。

謝亞鑲掙開他的懷抱，掐指算著時間，有些鬱悶地說：「所以還有四個多月的時間……只剩四個多月啊……」

張鯨太此時才意識到謝亞鑲情緒沒好轉的原因。他正想出聲安撫，就聽見謝亞鑲還是壓抑不了情緒地道：「學長，你有想過，遠距離戀愛該怎麼談嗎？」

「你放心，我會努力跟你聯繫的。」

「可是，等你上了大學後，我們就沒機會像這樣每天見面，不能跟你睡覺，不能跟你親親，啊——想到就好寂寞。」

謝亞鑲愈想愈難受，又將整個臉埋進張鯨太的胸膛裡，鬱悶地說道：「之前看學長確定錄取時的確很開心，可是當下我也一直想到這個問題，又覺得那不是可以提起這件事的恰當時機……每個人都在祝福你，可是我一點都不想跟你分開……」

「我跟你一樣喔。」

一直在當聽眾的張鯨太終於開口。

他悄悄將手貼在謝亞鑲的後腦勺，緩慢又溫柔地撫摸著。

「什麼一樣？」謝亞鑲帶著濃厚的鼻音問道，口吻聽起來像是個委屈又寂寞的小孩，惹人心疼。

「我看著錄取通知時，第一個想到的就是——怎麼辦？不能天天見面了，我會很想你，這樣我們一起在學校的時間就不多了。」張鯨太緊抱著謝亞鑲，輕輕磨蹭那白皙的脖子，還偷偷吻了幾口。

謝亞鑲馬上回應他的親吻，回身尋找他的嘴唇，熟練地湊了上去。他們的親吻愈來愈熟練，張鯨太甚至可以判斷出，謝亞鑲這次親吻的方式，應該是想要很激烈的舌吻。

所以他配合著謝亞鑲，唇舌交纏了好一陣子。謝亞鑲不斷發出悶哼的聲音，引得張鯨太全身一顫，只穿平口褲的下身立刻有了勃起的跡象。

「唔……」張鯨太口乾舌燥地嘆口氣，還沒緩過來，就發現謝亞鑲的手正順著他的腹部往下探，熟練地開始套弄。

經過數個月後，他們做愛的次數可說是相當頻繁，甚至非常熟練了。不過因為張鯨太很保守的關係，多半都是由謝亞鑲負責主導。

而且張鯨太某些時候還特別煞風景，例如現在。

「等……亞鑲，等等。」

張鯨太想後退，謝亞鑲卻起身將他壓在身下，大膽地跨坐在他的腹部上。

「今天就不要戴套了吧？」謝亞鑲隔著平口褲的布料，磨蹭對方的性器。比起直接的肌膚接觸，布料摩擦時多了一點奇特的觸感。

謝亞鑲忍不住仰頭發出呻吟。張鯨太看著他伸長脖子，勾出纖長頸部的線條，只覺得性感無比，眼神透露出一絲期待的念想。

但是他還是沒有忘記自己的堅持。

「不行，這樣對你不好……」張鯨太還是想起身去拿保險套。謝亞鑲覺得他太煩人，便伸手壓住他的肩膀。

「不用，你快把我們的內褲都脫了！」
在謝亞鑲不斷的催促下，張鯨太終於半推半就地脫掉兩人的褲子。性器相互蹭了幾下，讓謝亞鑲忍不住又發出幾聲焦躁的呻吟。
「嗯……學長，你就接著做啊，別管那些了。」謝亞鑲特別主動，還知道對方平時放潤滑液的地方，就在床鋪的夾縫裡。他熟練地摸出來，抹了大量潤滑液在自己的股間與對方的性器上。
「可是……還是得做點防護……」張鯨太雖然也在喘氣，但有一半的意識都在想「得拿個保險套才行」。
謝亞鑲一時氣惱，狠狠套弄了他的性器一下。
「學長，你如果擔心射在裡面不好，那就在快射出來的時候拔出來啊。」他提議。
張鯨太無奈地嘆了口氣，見謝亞鑲如此堅持，也就妥協了。
「真是的……」張鯨太起身，將謝亞鑲溫柔地安置在床上。近乎赤裸的身軀被柔軟的棉被包裹，謝亞鑲發出舒坦的呻吟，他順勢將謝亞鑲的一條腿架在自己肩上，擠了更多潤滑液在彼此的私密處。
「嗯……學長，你每次前戲都做好久……」謝亞鑲扭著腰，甜膩地喊道。
「怕弄傷你啊……」張鯨太的手指沾滿潤滑液，在後穴裡擴張，一邊欣賞著謝亞鑲的媚態，那呻吟不停的樣子著實迷人。

「每次都這麼說，你還要弄多久？」謝亞鑲用腳背磨蹭他的脖頸催促，還低頭看了他的性器一眼，「快一點啊，你也快忍不住了吧？」

「嗯——」

張鯨太受不住他的邀請，終於扶著自己的性器，慢慢送進他的體內。

兩人循著過去的習慣，熱烈地迎合彼此。謝亞鑲感受對方粗大的性器在自己體內進出，快感襲來，現在的他甚至懂得扭動身軀，試圖將對方吞得更深。張鯨太的性器頂端很快蹭到了他的敏感點，讓謝亞鑲不禁渾身一顫，發出舒爽的嘆息。

張鯨太被他性感的喘息吸引，已經瀕臨爆發邊緣的性器即將忍不住。他連忙想拔出，卻被謝亞鑲緊緊夾住不放，不禁緊張了。

「亞鑲！不行不行——」張鯨太想抽出，卻怎麼也抽不開。

謝亞鑲又看了他一眼，同時露出誘人的微笑，並扭了一下腰肢。

張鯨太倒抽一口氣，一下子就失了防備，在謝亞鑲體內射了出來。謝亞鑲感受到不同以往的衝擊感，一聲悶哼後也跟著射出，兩人的下身頓時一片泥濘腥羶。

張鯨太射完後，才慢慢地撤出性器，心裡有一絲後悔。發洩後令他身子疲軟，他整個人都癱倒在謝亞鑲身上。

「亞鑲，你是故意的吧……」張鯨太嗅著瀰漫開來的腥味，心裡有點無奈。

「才不呢。」謝亞鑲瞇著眼，親吻他的耳垂與臉頰。

「這樣你會肚子痛啦……」張鯨太實在太在意自己的失控，但謝亞鑲卻一點都不在意，而是非常享受這樣親密的時光。

「你等一下幫我清乾淨就好了嘛。」

「嗯。」張鯨太當然不會拒絕，甚至想著應該現在就要起身處理，得趕快替謝亞鑲找來乾淨的毛巾擦一擦才行。

但是現在，他也有點貪戀對方的懷抱。

他不禁將謝亞鑲抱得更緊，感受對方的體溫與心跳。

「學長……」謝亞鑲的語氣像是小孩一樣，充滿撒嬌的情緒。

已經相當熟悉他習慣的張鯨太忍不住輕蹭了他一下，並給了他一個親吻。

「學長，我們這樣的日子，也開始要倒數了喔……」謝亞鑲的視線剛好落在張鯨太掛在牆上的月曆，大大的四月似乎距離九還很遙遠，卻又感覺轉眼間就會到了。

「這時候就別提這件事了，我很捨不得你的。」張鯨太又親了他臉頰一下，心裡還是很不捨。

他們都無法想像遠距離戀愛會是什麼樣子，更無法想像，如果不能像現在天天見面的話，心裡能承受這些煎熬嗎？

雙方都更不願提，一旦有距離之後，兩人的交往關係還能持續嗎？

不知道彼此其實擁有相同的心思，兩人有默契地嘆了口氣後，又抬頭互看一眼，眼裡都是對對方的眷戀與不捨。

「對了。」張鯨太摸摸他的臉，突然有個想法。

「嗯？」

「說起來，我們還沒有一起去旅行過吧？我現在時間很多，挑一個週末或連假，我們去旅行吧！看是要離島還是北部，兩天一夜、三天兩夜都好，我有一點存款跟獎學金，應該夠用。」

「別都你出錢啦，我也——」

「嗯，就這樣，我們一起去旅行吧。」

張鯨太打斷他的話，瞇起眼，開始期待即將到來的旅行。

第九章

畢業前一個月恰逢端午節三天連假，謝亞鑲不想與父親回鄉過節，張鯨太則因為大學有了著落，父母對他的行蹤不怎麼管束，於是兩人計劃了一個三天兩夜的短旅行。

謝亞鑲是個很好配合的人，只要有得吃有得住，基本上對於行程安排不太有意見。張鯨太的風格則與他相反，會認真地規劃每一個行程，時間的計算精準到幾分幾秒的程度。

在出發的前一天晚上，謝亞鑲為了不讓自己睡過頭，就在張鯨太的家裡過夜。顧及體力問題，他們僅有親親抱抱而已，且謝亞鑲還得安撫有點行前焦慮的張鯨太。

「我還是確認一下明天要過夜的旅館有沒有訂好，你等等。」張鯨太本來已經躺回床上，突然又起身，拿起手機想打電話確認。

睡意漸濃的謝亞鑲覺得很無奈，看著對方通話完畢，才一臉安心地躺回來。

「學長，沒關係啦！如果真的沒訂到，到時候再看哪裡可以住不就得了？」

「不行不行！我們去的地方有點偏遠，房間沒那麼好訂。」張鯨太發出嘆息，顯然剛才的確認不足以讓他安心睡覺。

謝亞鑲大概是覺得煩了，乾脆起身直接壓在他身上，並湊上親吻堵住他的嘴，這才讓張鯨太徹底安分下來。

「亞鑲——」張鯨太透過小夜燈的光線，看著那張好像在生氣、又好像有點無奈的臉，不禁感到緊張。

「學長，明天的行程無論遇到多鳥的狀況，你都不要太擔心，反正還有我，我會跟你一起解決。」

「嗯，好，我明白。」張鯨太聽話地點點頭。謝亞鑲一如以往的作風，在相處過程中總有特別強勢的時候，也是他不容反駁的時刻。

「那就睡覺。明天早上要搭九點的火車，你不想錯過吧？」謝亞鑲又給了他一個吻。

這個吻就像有安眠效果一樣，讓張鯨太順利入睡。

早上九點，兩人順利搭上預定的火車班次，才剛找到對號座位入座，張鯨太馬上又開始煩惱下一件事。

「我們等一下一到站，就先去第一個點。不過那裡的公車班次比較少，所以要特別注意。」

「嗯。」謝亞鑲打了個呵欠，仍感到有些睡眠不足。雖然很想對張鯨太說別太緊張，但睡意讓他沒力氣理張鯨太了，敷衍地點點頭後，他就靠著對方的肩膀入睡了。

他們在中午時抵達目的地，這附近有個市集，謝亞鑲一下子就迷上了，每一攤都認真逛過。尾隨在後頭的張鯨太卻因為太過在意時間，不斷提醒他。

「亞鑲，三十分鐘後要去對面搭公車了，不然就會錯過晚上睡覺的地方。」張鯨太正在估算步行的時間，看著謝亞鑲不怎麼在乎的態度，心裡更加緊張。

「知道啦！你要吃冰淇淋嗎？」謝亞鑲看著冰淇淋攤位舔舔唇，感到嘴饞。

「啊——你吃就好，時間要注意。」張鯨太對甜食沒興趣，又一次提醒。

謝亞鑲看了他一眼，把抱怨的話吞回肚子裡，買了一支綜合口味的冰淇淋。

在距離公車班次只剩十分鐘時，張鯨太又催促了一次。這時候謝亞鑲手裡的冰淇淋已經快吃完了，他想了想，就將剩下的冰淇淋送到張鯨太的嘴裡。

「唔——」張鯨太被嚇了一跳，還沒反應過來，謝亞鑲又抓著他的手，橫過馬路去等公車。

張鯨太低頭看著被握住的手，根據力道，察覺謝亞鑲似乎有點生氣。

「好了，還有五分鐘，我們就在這裡等，總可以吧？」謝亞鑲不太高興地看了他一眼後，雙手環胸，望向公車駛來的方向，完全不願與他交談。

張鯨太看著他的背影，小聲地問道：「亞鑲……你還好嗎？」

「不好！」謝亞鑲馬上氣噗噗地回道。

張鯨太有些尷尬。但是他還沒開口問原因，謝亞鑲就馬上說了。

「好好的旅行，你一直跟我提醒時間，不覺得很掃興嗎？我知道你很擔心時間跟交通的銜接問題，但是——要是真的錯過的話，也不會怎樣啊！我們可以叫計程車，或者想看看別的辦法。你這麼在意這些的話，這趟旅行很多東西你都會看不見的！」

謝亞鑲憤怒地抱怨完後，公車剛好到站。還氣在頭上的他連看對方一眼都不願意，就踩著憤怒的步伐上車。

尾隨在後頭的張鯨太最怕他發脾氣，此時不曉得怎麼安撫，只好安靜地跟在他後頭。因為不是尖峰時段，兩人很幸運地都有座位可坐。但是謝亞鑲實在太生氣了，故意選擇與張鯨太錯開的位置，兩人就這樣一前一後坐著，沒有交談。

隨著一站又一站過去，坐在後頭的張鯨太好幾次都想拍拍他的肩膀跟他解釋，可是氣氛實在太糟，他最後還是做罷。

眼見還有一站就得下車了，張鯨太再怎麼尷尬，還是得提醒。沒想到謝亞鑲這時帶著冷冷的眼神轉頭，問道：「這站得下車吧？」

「嗯、對。」張鯨太很意外他會主動開口，有些匆忙地點頭。

「那就快下車啊。」

謝亞鑲揹起自己的行李起身，雙方依然維持一前一後的隊形前進。

張鯨太這時才發現，謝亞鑲行走的方向正是今晚要住的民宿，而且路線準確，毫不猶豫。兩人大約十分鐘後就抵達民宿門口，也是張鯨太與對方約定的下午三點的入住時間。

謝亞鑲略略看過民宿周圍，這裡位處半山腰，一旁還有告示牌，提醒遊客往上走十分鐘，就能抵達這一區能看夜景的平台，往下還有個開放體驗的果園，是個絕對不會無聊的地點，完全能感受到張鯨太挑選這裡的體貼與用心。他喘了口氣，再怎麼不開心，在剛才那段時間也已經消氣了。

他轉過頭，面向仍不知所措的張鯨太。

「你想不想和好？」謝亞鑲問。

「啊……嗯，當然想！」張鯨太點了好幾次頭，還在想下一步該怎麼辦時，就被謝亞鑲用力地抱住。

「學長，你的安排非常貼心，我很喜歡。但是你太緊張了——之前我們被那個怪APP搞的時候，你都能那麼從容地應對，怎麼現在卻不能呢？」

「啊，那是因為，擔心也沒用，因為不知道明天的每日任務到底是什麼，所以只能用平常心……」

「那我們出來旅行，你怎麼不能這樣想呢？你就放輕鬆點吧，我一點也不想為了這點小事跟你吵架啊。」

「好……」張鯨太整個人鬆懈下來，跟著伸手環抱住他。

「好啦！和好，你快去辦入住吧。」謝亞鑲隨即鬆開手，提醒他快進去。

「嗯，你等我。」張鯨太點點頭，拖著行李進去民宿裡。

謝亞鑲還在外頭四處轉，意外發現民宿裡的景點指示牌上，有一個讓他相當在意的景點。

「狐——山神？」謝亞鑲看著那行字，心裡思考著，一直到張鯨太辦理好入住，催促他進屋後，都還掛念著。

放好行李後，謝亞鑲無暇注意今晚過夜的房間有多棒，只是坐在靠牆的小沙發上，沉思一會兒，才開口。

「學長，那個看夜景的平台後面，好像還有一間叫『狐山神』的小廟，你有沒有興趣去看一看？」

「啊？狐——山神？」張鯨太剛放好行李，聽到謝亞鑲說的名字，心裡像被撞了一下。

「嗯，我很在意，我們等一下去看一眼好不好？」

「可以是可以，不過總覺得心裡怪怪的。」張鯨太忍不住跟北善狐仙聯想在一起了。

「所以才要去看看啊！我們都有默契覺得怪怪的，那就去吧。」謝亞鑲語氣輕鬆地說道。

張鯨太沒有拒絕，但心中仍有那麼一點忐忑。

下午五點，兩人換好衣服，準備前往狐山神的位置。出發前民宿老闆還提醒他們晚餐時間是六點半，請他們要注意時間。

「我們晚餐前就回來吧。」謝亞鑲握著張鯨太的手往前走。民宿距離那個狐山神的小廟並不遠，步行十五分鐘就可以到，途中還有整排的林道，風景相當美麗，可惜兩人無暇欣賞。

張鯨太眼看那個狐山神的小廟就快抵達，忍不住問道：「萬、萬一我們又被裝了奇怪的東西怎麼辦？」

「那就想辦法解任務啊！我們都已經在交往了，沒道理還能搞我們吧？」謝亞鑲的態度比他自然許多。

「嗯……」張鯨太沒得拒絕，順著指示牌繼續走。

在他們看見距離狐山神小廟還有兩百公尺的指示牌時，眼前居然慢慢起了一陣白霧。兩人再怎麼不怕，這一下也不得不停下腳步。

「整人啊？」謝亞鑲莫名地討厭這種裝神弄鬼的感覺，緊抓著張鯨太的手，步伐更快了。

「唉！等等等等……」

張鯨太想阻止，但卻被拖著走。他們穿過白霧後，張鯨太再次看見那棵熟悉不過的大樹，以及樹下的小廟，小廟旁還有一顆不太現實的大石頭。

看到這幅景象，他不得不抓住謝亞鑲。

「等一下！」張鯨太倒抽一口氣，面對謝亞鑲困惑的眼神，輕聲地說：「一模一樣。」

「啊？」謝亞鑲再怎麼遲鈍，也知道這些狀況不正常，不禁往後退去，緊貼在張鯨太的身旁，用氣音反問：「你是指北善狐仙？」

「嗯，我每次遇到祂，都是這番情景。」張鯨太就怕會出差錯，緊握著謝亞鑲的手。

謝亞鑲很識相地安靜下來。張鯨太雖然沒有明顯的防護動作，但是從氣勢上他就能明白，這個人正在保護他。

「唷唷——這不是在一起了嗎？」

白霧中，一道男性的嗓音竄出，還帶著欣喜的笑聲。

張鯨太一下子就認出這是北善狐仙的聲音。但是這個地方離他們居住的北善相當遠，他實在想不透祂怎麼會出現在這種地方。

謝亞鑲下意識覺得對方不太友善，立刻起了防備的心。此時白霧散開，一名穿著與現代風格完全不同，有著一頭白長髮的人出現在他們面前。對方很美、很難判斷性別，不過那高傲的目光和一雙細長的狐狸眼，都令人難以忘懷。

謝亞鑲看傻了眼，這是他第一次親眼見到仙人的存在。雖然與印象中的不太一樣，但是眼前的人更加仙氣十足，令凡者難以接近。

「喔？張鯨太，所以我當初挑的人沒錯吧？」北善狐仙的目光一直放在謝亞鑲身上，相當滿意地將他從頭到腳審視了一次，才看向張鯨太，勾著笑意問道：「你還記得當初開給我的條件嗎？」

張鯨太沉默不語，臉卻紅得發燙。面對謝亞鑲困惑的眼神，他只能轉頭迴避。

北善狐仙不禁大笑，又將目光落在謝亞鑲身上，慢慢地吐出，「一個幽默風趣、能理解我的人，另外希望要有自信，有好聽的聲音，不要怕我。」

謝亞鑲嘴巴微張，接著也與張鯨太一樣，臉紅了。

北善狐仙看著兩個臉一樣紅的年輕人，忍不住哈哈大笑，道：「張鯨太，是不是完全符合你的理想呢？」

張鯨太看了謝亞鑲一眼，遲遲沒有說話，臉上的通紅正在慢慢褪去。

「不，不是。」

張鯨太的回答出乎謝亞鑲意料之外。他瞬間感到一絲不開心，難道自己不符合這些條件嗎？

邶善狐仙挑挑眉，正想詢問時，張鯨太便繼續說了下去。

「亞鑲比我理想的對象還要好，只是你之前弄的ＡＰＰ真的害慘他了，我到現在還是覺得很愧疚。邶善狐仙，我很感謝祢讓我認識他，但是另一方面我也想說，請祢換種更溫和的方式，去成全其他姻緣吧！那個《真實戀愛人生》真的讓我頭一次懷疑人生。」張鯨太一口氣說出心裡想說的話。

雖然後面是在批評祂帶來的困擾，但是邶善狐仙並沒有因此發怒，始終帶著淺淺的笑意看著兩人。

「真是的，居然教訓起我了。」邶善狐仙從背後抽出一把扇子，慢慢地搧啊搧，輕輕嘆了口氣後，才說道：「你放心，那款ＡＰＰ已經被禁用了。」

「啊？禁用？為什麼？」張鯨太聽聞，不禁驚叫出聲。

「因為天界覺得這個方法太粗暴了。祂們每天看你們解任務，覺得果然還是太勉強，便決定放棄使用這款ＡＰＰ來替凡人牽紅線。雖然你們後來也有修成正果，但是天界判定這與ＡＰＰ無關。身為第一號試用者，就讓你們這麼辛苦，若是遇到心思更敏感的人，恐怕會更煎熬，造成反效果吧！」邶善狐仙無奈地嘆了口氣。

謝亞鑲聽完，卻沉不住氣，衝上前質問。

「祢說我們是試用者？」謝亞鑲指著自己大喊。

邶善狐仙點點頭，還露出「我剛才不是說過嗎」的困惑表情。

「祢們天界也太亂來了！居然拿凡人的姻緣做實驗？我真的快被氣死了！」謝亞鑲想起被APP支配的日子，心中除了滿滿的委屈就是憤怒。

「亞鑲、別生氣——」張鯨太見他情緒失控，只怕邶善狐仙因此被惹怒，趕緊抓著他拚命往後退。

「學長，你別攔我！我要跟祂理論一下，你應該還記得那陣子我們過得有多慘吧？」謝亞鑲揮開他的手，一下子衝向了邶善狐仙。

邶善狐仙始終維持著神祕的笑容，並在謝亞鑲衝向祂的剎那間神不知鬼不覺地靠近。等謝亞鑲察覺距離太近想後退時，已經被對方伸手扣住了下顎。

謝亞鑲頓時想掙脫，卻發現自己動彈不得，全身像是被石化一樣無法移動。邶善狐仙張嘴，朝著他的雙眼吹了口氣。

謝亞鑲只覺得自己的雙眼像是被灑了胡椒似的，一陣刺痛，讓他眼淚直流。他不得不閉上眼，腦海中卻閃過了許多的畫面——

是自己在國中的時候，與張鯨太擦肩而過的畫面。

謝亞鑲眨眨眼，才發現自己像台錄影機，正播放著過去的回憶。

那樣的擦肩而過，只是人生中不足為道的相遇。但是那時的謝亞鑲剛在發育，身形在群體裡顯得特別矮小，還因此遭受過一段時間的取笑，是謝亞鑲最討厭的過往。

而國三的張鯨太身高已經明顯比其他人高出許多，那時候也是張鯨太老是被誤會成叛逆學生的時期，因為他那張臉只要不笑，就會像個惡煞一樣。

兩人同樣就讀北善國中，二年級與三年級的校舍在同一層。謝亞鑲經常看到張鯨太的身影，都忍不住羨慕對方的身材優勢。因為矮小，謝亞鑲除了被同學取笑，還會被欺負。當然他不會放任自己被任意踩踏，有一次，他被幾個隔壁班的男同學圍在一起勒索取笑，正在思考著出手的時機，是出腳踹人還是出拳打人呢？反正當時的他已經抱著會被記小過或大過的決心，只一心想著不想被人小看了。

沒想到，卻有個人在此時出現，解救了他。

那個人就是張鯨太。

因為他們的所在地是值日生倒垃圾必經的路段，謝亞鑲遠遠就看見有個高大身影單手提著垃圾袋，緩緩走來。大概是看見他們一群人圍成一圈，樣子很古怪，張鯨太一邊皺眉一邊靠近，花了三秒瞭解是什麼狀況後，用剛變聲的粗獷聲音問道：「你們在做什麼？」

那群男生被他的外表嚇到，怕挨揍，立刻四散逃開，獨留下衣領被扯亂的謝亞鑲愣在原地。雖然他內心還算鎮定，但表情仍掩不去一絲驚慌。

張鯨太沒料到那群男生逃得這麼快，一邊想著肯定又是被自己的臉嚇到了，一邊靠近謝亞鑲，低頭問道：「你還好嗎？」

謝亞鑲仰起頭，發現張鯨太遠比他想像中還要高出許多，讓他非常羨慕。

「還好……謝謝學長。」

「不客氣，你也要倒垃圾吧？我幫你。」

張鯨太沒有等他回應，逕自拿走他手中的垃圾袋，淡淡地道別後就離開了。

那時候，謝亞鑲望著他慢慢走遠的高大身影許久，心裡有點悸動，但沒有深究下去。因為這段被欺負的時光太過黑暗，這段記憶很快就被他遺忘在腦海的角落。

謝亞鑲在此時才發現，原來許久以前，他就一直追著張鯨太的身影。

等回憶淡去後，謝亞鑲看見的，就是北善狐仙那張有點邪惡的笑臉。

「想起來了嗎？」北善狐仙像個長輩一樣，摸摸他的臉問。

「祢怎麼會知道這件事……連我都不記得了……」謝亞鑲滿臉通紅地小聲問道。

「我可是狐仙，有領牌的仙人，查一下凡人的過去是很簡單的事。只要不擅改既定安排，你們的過去我愛看幾次就看幾次。」

「為什麼要讓我想起這件事——」謝亞鑲覺得自己的臉燙到快起火了。

偏偏北善狐仙還不想放過他，「我只是想提醒你，是誰先喜歡上誰而已。怎麼？要我跟張鯨太說嗎？」

「停！不准說！」謝亞鑲立刻大聲阻止。這件事對他來說太過丟臉，他沒勇氣讓張鯨太知道這段過往。

「喔？真是太可惜了。我只是想讓你明白，我牽這條線，不單單是為了張鯨太的理想條件而已，也要看他身邊的人與他是否有緣分。姻緣這種事啊，最看重的就是緣分了，陌生人之間並不會毫無理由就牽扯在一起，況且在未來，你們是有可能成為家人的，所以自然得特別謹慎。」

「未來……成為家人？」謝亞鑲一聽，第一個想到的就是與對方結婚的可能。但這對於還是高中生的他們來說實在太遙遠，他不敢想下去。

「誰曉得呢？我可是很看好你們的，別讓我漏氣啊！我答應你，不讓張鯨太知道這件事，相對地，你也得答應我一個條件。」

「什麼啊？祢這個狐仙到底怎麼回事？哪有這樣一直威脅凡人的。」謝亞鑲一聽又有條件，不禁皺起眉。

「不願意啊？那我要跟張鯨太說那件事囉！」

「……你說你說，什麼條件？」謝亞鑲知道這個傢伙說到做到，只好妥協了。

北善狐仙露出得逞的笑意，並摸摸謝亞鑲的左手小指頭。謝亞鑲才發現，自己的指根被綁上了一條細小的紅線，牽連著張鯨太的右手小指頭。

意識到這是什麼後，謝亞鑲不禁呼吸急促。

「紅、紅──線？」謝亞鑲從沒想過，自己有一天會看到這種東西。更讓他驚訝的是，紅線竟然真的存在？

「好看吧？是很美滿的緣分呢，天底下沒有幾個人能像你們這樣，事事都互補。你答應我一件事，你們要好好地相處、相愛、相惜，你們真的是我看過最契合的姻緣了，所以我這個實驗APP才會挑上你們。雖然中間有太多失敗的部分讓你感到痛苦，但我414善狐仙也不是不負責的人。我現在就加強你們的緣分穩定度，未來哪一年你們結為連理時，記得送個喜餅給我吃啊。」

414善狐仙溫柔的語氣就像是諄諄叮囑的長輩，讓謝亞鑲不由自主地慢慢點頭。

「好了——」414善狐仙終於願意放開他，不知何時又回到了石頭上，盤腿而坐，微笑著看著他們。

謝亞鑲意識恍惚地往後退，直到撞上張鯨太的胸膛才停下，抬頭看著對方。

「學長……」

「怎麼了？狐仙對你說了什麼嗎？」張鯨太擔心地環住他，關心地問。

「沒有，祂要我——呃，跟你好好相處。」謝亞鑲將剛才複雜的一切簡化成一句話。

依然盤腿坐在石上的414善狐仙忍不住笑出聲。

張鯨太總覺得這兩人達成了某種協議，只是他不知道罷了。

「只有這樣？」張鯨太試圖再挖出點什麼。

「對，只有這樣。」414善狐仙很好心地幫腔，謝亞鑲連忙認同地點頭。

張鯨太掃視兩人一眼，知道自己再怎麼追問都沒用。反正至少確定了，414善狐仙現在不會對他們做些亂七八糟的事。

那麼……他還有不少疑問想確認。

「邶善狐仙啊，這裡離邶善很遠，祢怎麼能出現在這裡，還叫做狐山神？」

「我就不能有分靈嗎？就這麼剛好，數十年前有個信徒把我的分靈請來這裡，我怎麼知道你們也跑來這裡玩。」

「真的？不是祢引導我們來的？」張鯨太又問。他實在不相信這個狐仙的說詞，畢竟所有的巧合都有可能是安排，這點他太有感觸了。

「我才沒這麼閒呢。好啦！看到你們相處愉快就好，雖然那個APP效果沒有很好，令我十分扼腕。看來姻緣這種事用這種強制執行的方式，果然行不通啊——」

「本來就行不通！要不是我對學長一開始就有好感，哪有人會這麼配合的？」謝亞鑲冷哼一聲。被迫解任務的日子對他來說又苦又甜，他再也不想經歷第二次了！

邶善狐仙沒有發怒，只是望著謝亞鑲，露出打趣的笑意。張鯨太則被謝亞鑲突如其來的告白戳得一陣臉紅。

「你們的晚飯時間快到了，快回去吧——」邶善狐仙說完，便揮揮手催促他們離開。

在兩人的注視下，邶善狐仙的身影漸漸淡去。白霧再次凝聚，不到幾秒，又一陣強風吹來，讓他們頓時睜不開眼。

等到一切平靜下來，他們才發現彼此正手牽著手，站在一個樹叢茂密、修剪整齊的小徑上。此時的天色已經變暗，後方傳來民宿老闆的呼喊聲。

「兩位客人！晚餐時間已經開始囉！」民宿老闆來到他們面前。

「哎？我記得我們剛出發不久啊……」謝亞鑲看著灰暗的天空，感到很困惑。

「哪有？現在都快七點了。要不是知道你們打算往夜景平台走，我還真不知道怎麼找呢！幸好距離不遠，兩位趕快跟我回去吃晚餐吧。」

兩人就這樣跟著老闆回到民宿裡。民宿準備的晚餐完全是該區的特色料理，有很多山菜和野味，謝亞鑲吃得很滿足，張鯨太則仍有些恍惚，顯然還在回憶剛才發生的種種。

謝亞鑲吃完飯後，又溜出去晃了一圈，回來就拉過張鯨太，低聲說道：「學長，指示牌上的狐山神小廟不見了。」

「啊？不見了？」

張鯨太跟著他過去看。謝亞鑲最初就是在那個指示牌上看到狐山神小廟的介紹，兩人才臨時決定去一趟。但如今那行字卻好像從沒存在過一樣，不免讓兩人感到困惑。

謝亞鑲思忖幾秒，靈機一動，對著還在內場忙碌的民宿老闆喊道：「叔叔，你有聽過這裡有狐山神的廟嗎？」

「啊？」民宿老闆正在張羅飯後甜點，聞言停下手，滿頭問號地說：「我在這裡住了二十幾年，從沒聽過這件事哎！」

「喔？這樣啊——那就是我們搞錯了，謝謝叔叔！」

謝亞鑲客氣一笑後，轉頭面對張鯨太，微笑裡帶著咬牙切齒的低語：「還說不是巧合——

根本都是祂安排好的！」

「別生氣啦，北善狐仙也只是跟我們說說話而已，並沒有做什麼，你不用擔心。」張鯨太摸摸他的手安撫。

「今天要不是你，我早就跟祂吵架了！管他是什麼仙——氣死我了！」

「好好好，別生氣。」張鯨太非常努力地安撫他，甚至不顧兩人還在公眾場合，捉起他的手，在手指上輕輕落下幾個吻，繼續說道：「換個方向想，要不是祂的安排，我也沒機會認識你，其實我心裡還是對祂很感謝的。」

「真是的——」

謝亞鑲也怕那個行蹤詭異的北善狐仙又突發奇想對他們做什麼。儘管內心有非常多想抱怨的話，也在對方的安撫下努力壓了下去。

這趟三天兩夜的小旅行，雖然中途有小爭執，也有難以解釋的事情，最終還是留下許多美好的回憶。

然而這也代表著，張鯨太離遠距離戀愛的日子愈來愈近了。

轉眼間，來到畢業典禮當天。謝亞鑲從一早情緒就不是很好，這是他最不願意面對的日子。

今天的主角是三年級的學長姊們，他們都被安排在典禮會場的最前方，參與觀禮的家長們則在他們後方。一、二年級的座位在四周，謝亞鑲安靜地四處找尋張鯨太的身影，幸好對方夠高，一下子就能看見他了。

張鯨太正與其他同學交談、合照，手上還抱著不知道是誰送的花束，整個典禮充斥著離別的氣氛，加上畢業生代表的致詞相當感人，現場有不少人跟著落淚，張鯨太也是其中一員。謝亞鑲忍著情緒參與畢業典禮，直到畢業生代表領取畢業證書，司儀輕聲地說「典禮結束」，目送畢業生離場時，他終於壓抑不住，眼角落下了淚水。

謝亞鑲從來都不曉得，自己這麼不願意面對這件事。又不是畢業後就不能見面了，他為何會這麼難受呢？

無法釐清心中疑惑的謝亞鑲，在典禮結束後急忙地尋找張鯨太。他不斷撥打電話，卻始終得不到回應。途中看見好幾個畢業生正圍在一起說話、拍照，他心想張鯨太大概也是同樣的狀況，便放棄了尋找，在校園內晃了好幾圈後，最後在張鯨太的教室門口等著。

此時距離畢業典禮結束已經過了一個小時，三年級的教室相當安靜，畢業生們幾乎都已經離開了。謝亞鑲看著只剩桌椅的教室，心裡更增惆悵。

「以前想找學長，隨時來這裡都可以，之後就沒這個機會了……」謝亞鑲盯著張鯨太的座位，鬱悶地低語。

他這才發現，自己不開心的真正原因，是因為無法隨時遇到張鯨太了，對方也已經不再是北善高中的學生。

「亞鑲！原來你在這裡——」

張鯨太的聲音從遠處而來。謝亞鑲抹抹眼角，轉頭就看到對方略帶焦急的臉。

「我有打電話給你啊，是你都沒接。」謝亞鑲抹抹臉，試圖讓自己自然點，但是發紅的眼角卻藏不住他的情緒。

「抱歉，剛剛被其他朋友拖住，他們想拍照留念。」張鯨太知道他剛哭過，輕輕地伸手撫摸他的臉，「別哭啊，又不是沒機會見面了。而且暑假還要一起去玩，這個典禮對我們來說，只是個形式而已。」

「可是開學後要遇到你就很難了——我難過的是這點。」謝亞鑲吸吸鼻子，委屈地說著。

「喔……也是呢。想到這點，我也很捨不得。」

張鯨太探看四周，確認沒人，便彎身在他臉頰上落下親吻。

兩人正值熱戀期，很輕易就被離別的氣氛感染。儘管就如張鯨太所說，典禮結束後，他們還是能見面，隔天還可以約會，但是就身分上來說，過了今天，兩人就不一樣了。

張鯨太已經離開北善高中的事實就在那裡。

謝亞鑲不想讓氣氛太過哀傷，抹抹自己的臉，轉身不斷深呼吸，調整情緒。

張鯨太看著他的背影，說：「你叫我典禮結束後一定要等你，說要給我個禮物，是什麼啊？」

「啊！我差點忘了這件事，你跟我來。」

謝亞鑲拉著他的手往前走。張鯨太好奇地跟著他走了一段路，最後在社團教室前停下。

「今天教室不會有人，你跟我進來。」

謝亞鑲掏出鑰匙打開門，張鯨太跟著進去後，才發現教室講台旁放了一把椅子、吉他，旁邊還有個譜架。

張鯨太一眼就認出，那是謝亞鑲平時在直播裡慣用的吉他。

「你去那邊坐著。」謝亞鑲指著前方的椅子說。

「喔——」張鯨太頓時理解他想做什麼，順從地坐下，心裡相當緊張又期待。

謝亞鑲在他的注視下，略帶羞澀地坐在椅子上，拿起吉他，熟練地抱好、撥弄了幾下吉他弦，並輕咳幾聲。

「你不是說，從沒看過我在你面前現場演奏嗎？」謝亞鑲慢慢撥弄著和弦，一邊說道。

「對啊，之前求你好幾次，你都不答應，我很失落。」

「重要的演唱會哪有這麼輕易就登場的？當然要挑在這種特別的日子才行。」謝亞鑲停止撥弦的手，露出好看的笑容，說道：「學長，這是我要送你的畢業禮物——我準備了好幾首你提過的歌，想現場唱給你聽。」

「啊……」張鯨太頓時覺得胸口襲來一股熱燙的氣流。

他沒想到謝亞鑲給了他一份這麼棒的禮物，就這樣癡癡地聽著對方開始演奏第一首歌曲。

前奏才剛下，張鯨太就聽出來，還是那首他第一次聽直播時點的歌。雖然過去已經聽過好幾回，但是現場演奏還是第一次。

他被謝亞鑲準備的驚喜惹得情緒氾濫，就在第三首歌的時候，已經滿臉都是淚水。

「學長，你哭起來的樣子好可怕。」謝亞鑲沒見過他哭，不禁停下手，調侃地道。

「要怪你準備這種禮物啊……我控制不了自己啦……」張鯨太也覺得很丟臉，用雙手掩住自己的臉，尷尬地抱怨。

「就算是這種表情，也只能讓我看到啊——聽到沒？」謝亞鑲笑著提醒。

「你別看了啦！快唱！」張鯨太把臉埋在手裡，悶聲催促。

「好啦，學長。下一首是我昨天剛完成的曲子，就叫做……『大鯨魚與小吉他』。」

「好俗氣的名字……」

張鯨太聽著歌名，不禁抱怨，嘴角卻不自覺地揚起。

「再怎麼俗氣你也得給我接受！還有你要學會唱啊——那麼，開始了，本次給張鯨太先生的畢業特別現場公演！最後一首歌——」

張鯨太抱怨歸抱怨，還是認真地聽完了這首有點胡鬧又有點可愛的自創曲，以他從沒想過的方式，結束了高中生涯。

其中，最大的收穫，大概就是成功得到了一位符合理想條件的小男友吧！

第十章

轉眼間，謝亞鑲升上三年級已經過了兩個月。

搬離北善的張鯨太對於大學生活也還算適應。他是個很自律的人，就算升上大學，還是維持高中時期的生活作息，最晚絕不會超過十二點就寢，並安排固定的時間閱讀、學習，白天還找了空檔打工，短短兩個月的時間，就散發出渾然天成的資優生氣質。不過在高中時期時常困擾他的長相問題，到大學校園裡卻不足為慮了，反而他過於老成的作風，讓他經常被誤認為學長，這也成了他的新煩惱。

除此之外，他最苦惱的，就是與謝亞鑲遠距離戀愛的問題。

升上高三的謝亞鑲身為考生，所以直播時間改成了每週五、六、日的晚上十一點至十二點，其餘的時間都在讀書。張鯨太每晚都會與謝亞鑲通話，久而久之，同寢室的室友都知道他晚上會跟一位神祕人物聊天，直到上床睡覺為止。至於對方是男是女，始終是個謎。

雖然張鯨太每個月都會空出兩週，回北善度過週末，但對於聚少離多的兩人來說，還是太過煎熬。至少對就讀高三的謝亞鑲來說，那是一段最艱辛的時期。

他的學習成績普通，一直到六月放榜，才終於確定了就讀的大學。當然，他能順利考上第二志願，也是張鯨太有空就上線陪他讀書的成果。

雖然兩人的大學不同校，但是都在同一個縣市，可以見面的機會肯定會增加。加上張鯨太升上大二後沒有抽中宿舍，只能在外面租房子住，這下子沒有門禁，兩人相處的時間就變更多了。

謝亞鑲辦理完大學註冊手續的那週，就拎著行李，暫時住進張鯨太的租屋處。他打算頂著新鮮大一生的身分先借住幾天，等開學前一天再搬進大學宿舍。

雖然換了新環境有那麼點不習慣，但是與張鯨太距離變更近這件事，讓他很開心。

「哇——學長，你一點都沒變耶！整個房間乾淨到讓人小心翼翼的程度。」謝亞鑲興奮地在屋內轉了一圈，才脫掉身上的外套，直接往那張鋪得相當舒服的床上躺下，立刻聞到熟悉的森林系香味。

「你這樣說是在誇獎，還是在取笑我？」張鯨太跟隨在後，很熟悉地替他收拾好行李，還拿了兩杯冰紅茶過來。

「都有。」謝亞鑲平躺在床上，非常享受地蹭了一會兒，目光與張鯨太對上時，忍不住露出委屈又可愛的眼神。

「怎麼了？」張鯨太最受不了他這種眼神，太過可憐，又讓人想抱抱他。

謝亞鑲沒有開口，只是高舉雙手，明顯就是在討抱抱的意思。

張鯨太無奈地笑了一聲，俯身抱住對方。謝亞鑲感受著熟悉的溫暖與氣息，發出有點想念又讓人心疼的低鳴。

「幹嘛一副很久沒見面的樣子？明明之前都有盡量找時間見面不是嗎？」張鯨太喜歡被他

這樣靜靜地抱著，卻也不知道為什麼他情緒有點低潮。

「不一樣啦……你都不知道，我的高三生涯有夠痛苦的。」謝亞鑲在他的身側磨蹭著，悄悄地咬了他脖子一下，見對方沒有反應，又開始親親吻吻。

「我知道啊，你寫了一大堆痛苦情歌，我每次看你直播都覺得很對不起你……」張鯨太話說到一半，不禁皺起眉，「你咬得有點用力、會痛，嘶——」

「不甘心啦，我要多咬一下。」謝亞鑲在他面前特別像小孩，不只親吻，還咬了好幾下，總算在他身上留下了一些痕跡。

兩人親密的互動很快就擦出了熱烈的火花，張鯨太動情地回應著，在他臉上各處落下親吻，最後還咬了咬他的耳垂。

「學長，跟你商量一件事好嗎？」謝亞鑲一邊享受他的啄吻，一邊問道。

「你跟我商量過太多事情，這次想做什麼？」

「啊——就是我直播的地點要改一下。因為宿舍是四人房，實在不方便彈吉他，而且我也不想讓其他人知道我有開直播的事。」謝亞鑲邊說邊親吻張鯨太的臉頰，還在對方耳邊吹了口氣。

受不了這般刺激的張鯨太不禁顫抖了一下，雙手環抱住他的身軀，停止剛才熱烈的親吻，兩人單純享受著這美好的親密氣氛。

「喔——所以你想在我這裡直播？」張鯨太馬上就猜到謝亞鑲想做什麼，笑意溫柔地問道。

謝亞鑲之所以持續直播，是因為這一年間，他有一首自創曲的傳唱度突然在網路上變高，尷尬小吉他的訂閱人數因此暴增，人氣也上漲許多，甚至因為點閱數增加，讓他有了一點微薄收入。不過直播唱歌目前還只是他的興趣而已，他沒有打算擴大規模的意思。

對於現況，他有那麼一點滿足感，但也讓張鯨太有一段時間非常焦慮。據說謝亞鑲人氣剛剛暴漲的時候，張鯨太甚至憂慮到做了怪夢，夢見謝亞鑲正式出道，他在台下陶醉地聽著歌，卻發現謝亞鑲不知為何離他愈來愈遠，甚至被人群淹沒。張鯨太在滿滿的人潮裡找不到謝亞鑲，最後聽見謝亞鑲對他說：「學長，我們就到此為止吧！」

當時的張鯨太從惡夢中驚醒，腦海中全是夢境最後，謝亞鑲對他說的那句話。這讓他無視時間是清晨五點，直接打電話給還在睡夢中的謝亞鑲。

被吵醒的謝亞鑲本想罵人，但一聽見張鯨太難得失落的語氣，馬上就驚醒了，擔憂地直問道：「學長，發生什麼事了嗎？」

「別離開我——亞鑲——」張鯨太用明顯剛睡醒的聲音，帶著那麼一點哭腔說道。

「嗯？你在說什麼？」謝亞鑲看著還灰濛濛的天，聲音充滿困惑。

「我夢到你離開我了，你紅了，你變大明星了，然後就走了。亞鑲，就算真有那麼一天，你也別離開我……」

謝亞鑲揉著睏意滿滿的眼睛，隱約聽明白發生了什麼事。他從沒見過向來穩重的張鯨太這麼脆弱，連忙低聲安撫：「放心啦！我絕不會隨便拋棄你，學長沒事的——你做惡夢了吼？不用擔心啦……」

雖然睡眠不足，謝亞鑲仍努力安撫被惡夢嚇壞的男友。後來他還為了這件事，寫了一首叫〈食夢獸〉的歌曲，看似不知所云的歌名，內容卻講述了一名帥氣的勇者替自己心愛的人趕跑專門製造惡夢的怪獸的故事。謝亞鑲發佈時說這是一首情歌，卻從不詳細解釋。不明白箇中原因的支持者們，只覺得這是一首風格偏幻想的童謠罷了。

而這首歌最終成了張鯨太最愛的歌曲。

當張鯨太還在回憶這段往事時，謝亞鑲出聲打斷他的思緒。

「嗯，直播完順便過夜，然後做點什麼……就，如果你週末沒有要回北善的話，我就在你這邊過週末了……」

「你都計劃好了啊——先跟你說，我這裡隔音還可以，房間就借給你直播，不過你得答應我一個條件。」

張鯨太如他所料，並沒有拒絕，甚至還學會了討價還價。這讓謝亞鑲覺得以前那個很老實好騙的學長，有那麼一點點不一樣了。

「什麼條件啊？」謝亞鑲軟軟地對張鯨太又抱又蹭。為了能順利借到直播場地，他已經打定主意，無論對方有什麼要求，他都會答應。

「直播的時候我要在搖滾區，現場要留一個角落讓我看。」張鯨太說得理直氣壯，讓謝亞

鑲忍不住笑出聲。

「好啦！我還以為你要我獻身之類的……」

謝亞鑲笑個不停，不久前才覺得張鯨太變得不是那麼好騙，還有點狡猾，沒想到馬上又露出純樸的本性來。

「如果這個條件你也願意接受的話——我也是可以追加啦。」張鯨太一副「這是你自己提出的要求喔」的模樣，聳聳肩，還故意用有點勉為其難的口氣說。

「好啦好啦！為了直播，我什麼都可以答應。反正我也不是第一天認識你，你又不會做出太刁難我的要求。」

謝亞鑲捧著他的臉，又送上幾個親吻。兩人後來愈親愈過火，最後連行李都沒整理，就在這張床上互相撫摸起來。

接下來的一週，就像是要彌補過去一年的聚少離多一般，直到開學，兩人做愛的次數都非常頻繁，甚至到讓謝亞鑲忍不住求饒的程度。

他們真如北善狐仙所說的那樣，是一對性格、樂趣都互補的情侶。雖然一開始是被強硬地綑綁在一起，關係不是那麼美好，但是從正式交往至今，也沒有什麼好挑剔的地方。除了——偶爾回憶最初的慘況時，兩人總忍不住一起抱怨北善狐仙幾句才會甘心。

這樣平靜的日子，當然偶爾也會有吵架的時候。直到兩人結束學生生活，雙雙邁入社會，掐指一算，交往的日子居然也即將步入第十個年頭。

這時候的謝亞鑲擁有正職的普通生活，一方面也有在音樂領域接案子，專門負責填詞寫曲。張鯨太則往出版業發展，負責的卻不是他最喜歡的純文學，而是有點不擅長的輕小說部門。另外最近因為人力不足，還得暫時擔任耽美小說的編輯。

耽美這類型對他來說，簡直是大開眼界，謝亞鑲卻一副見怪不怪的模樣。

「哎、不是！你為什麼這麼冷靜？最近公司辦了投稿比賽，我光是幫忙看初審，就覺得那是個驚人的世界。」

忙了一整天，張鯨太已經洗完澡並換上睡衣，乖巧地躺在床上，腦中卻全是今天工作中感受到的震撼。

「這又沒什麼，到底有什麼好驚訝的？」謝亞鑲正在寫詞。這是一個獨立樂團的邀約，案主還是他從學生時代就認識的朋友，所以他進行得相當謹慎。張鯨太卻一直在他身邊干擾，讓他感到有些不悅。

「不不，我也不是沒看過，但——你知道最近有一種A……『ABO』的題材嗎？」

謝亞鑲停下動作，困惑地說：「『ABO』？血型？現在流行這麼古老的配對方式嗎？」

「不，不是，那分別是指『Alpha』、『Beta』、『Omega』這三種人類。」

謝亞鑲聽完後，表情更疑惑地問：「物理？用……物理學來組CP？」

「你看吧！你也沒聽懂。」張鯨太用一副「你不孤單」的表情笑道。

「我不懂啊……所以這是什麼？」

「簡單地說，就是在性別之上，又多了一個大分類。屬於Omega這個類別的人，無論男女，都可以受孕。所以這是個性別即使是男生，也可以生下小孩的設定。」張鯨太今天是第一次支援耽美部門，看見參賽的稿件裡有不少這方面的題材，讓他感到大開眼界，也花了不少時間理解。

謝亞鑲也是同樣的反應，完全無法理解地說：「我覺得……應該不要再深究下去比較好，感覺會很衝擊。」

「但我想分享我的衝擊。」張鯨太望著他，眼神無辜地說道。

「不用，謝謝。」謝亞鑲覺得這個危險的話題該停下了。他放下寫詞用的筆記本，俯身在張鯨太嘴唇上落下一吻，輕聲地說：「學長，睡吧，不要再想工作的事了。還有，你現在的話題很危險，我不想又夢到『那傢伙』了。」

張鯨太一下子就懂了對方指的「那傢伙」是誰，立刻機警地點點頭——不是別人，正是促成他們這段姻緣的邶善狐仙。

那時候，不過是因為張鯨太擔任了一本年度愛情小說的責任編輯，由於題材新穎、劇情引人入勝，是一個以結婚為主軸的美好故事，剛出版就獲得影視圈賞識，取得翻拍的機會，所以在獲知消息的當晚，張鯨太就開心地一直與謝亞鑲提到結婚的話題。後來不知道怎麼聊地，兩人就開始規劃起婚禮，也煩惱著該如何讓彼此的雙親接受這件事。

兩人從交往到同居至今，始終都隱瞞著家人。不過這倒不是他們那時候的討論重點，婚禮才是。

生性文藝又浪漫的張鯨太規劃著相當甜美夢幻的婚禮，讓謝亞鑲聽得渾身起雞皮疙瘩，不得不求他閉嘴。本以為事情就這樣結束了，沒想到，當晚兩人做了一樣的夢。

大樹、小廟、大石頭，還有那一頭白色長髮、打扮飄逸的北善狐仙，正一邊喝著茶，一邊笑著朝他們招手。兩人互看一眼，只覺得北善狐仙那抹笑很不妙，還有祂都已經數年沒出現了，現在突然又冒出來，肯定沒好事。

「你們——想結婚啊？要不要本仙幫個忙？」

兩人立刻默契十足地同聲拒絕，花了很大的功夫才拒絕對方的「好意」，以免出事。之後他們在床上同時驚醒，從彼此驚愕的神情，判斷剛才經歷的一切肯定不只是夢。

經過那次的體驗後，他們說好，一切關於姻緣的大事都絕不能輕易說出口，免得熱心到可疑的北善狐仙又入侵他們的夢境。

有共識的兩人關燈、蓋被，正在醞釀睡意時，張鯨太心裡還是不太踏實，翻身問道：「我剛剛只是跟你討論小說的題材，應該沒說到什麼關鍵字吧？」

同樣閉著眼的謝亞鑲思忖幾秒，便說：「應該沒有吧……所以輪不到那個人登場才對。」

「嗯，也是，睡吧。」

張鯨太安下心來，慢慢入睡。兩人同時陷入舒服的睡夢裡，一邊想著沒什麼大問題、那傢伙不會出現時，一個熟悉的景象襲來。

大樹、小廟、大石頭，還有祂標準的登場配備——那濃厚到可疑的白霧。

緊接著，一抹熟悉的身影出現，盤腿坐在石頭上，向他們招手。

「我偷聽到了，你剛剛說的那設定好像很不錯啊？還可以生小孩——」

北善狐仙笑得非常開心，張鯨太與謝亞鑲卻同時打了個冷顫。

「不如我們來研究一下這個世界……」

北善狐仙還沒把話說完，就被兩人硬生生打斷了。

「不——」

兩人在夢裡異口同聲，用著該死的默契、用盡全身力量發出拒絕的吶喊，全力打消對方那可怕的念頭。

「咦？真的不要嗎？我特地把你們找來喝茶，就是想聊這件事欸——」

「不！要！」

直到清醒前，兩人始終都是這個回答，也幸好最後有成功阻止那位唯恐天下不亂的北善狐仙試圖將世界設定成ＡＢＯ的想法。

不然，那個奇怪的狐仙會給什麼奇怪的任務要解，他們想到就怕啊！

【完】

《後記》

嘿！大家好。

翻到這裡，表示大家都看完故事了吧？對吧對吧？

我好久沒有寫高中生談戀愛的題材，好開心啊！

而且這次還有加進去奇幻跟手遊的想法，故事裡的北善狐仙雖然很胡來，讓張鯨太跟謝亞鑲的戀愛過程有點辛苦，感覺真對不起他們。

但——唉唷，我真的好喜歡這兩個小朋友談戀愛的過程，寫的時候經常感嘆，好羨慕他們的高中生活。

還有，看到封面的時候，我真的忍不住開心到捧臉頰。

每次有新作，我最期待的就是封面了。

學生的日子離我已經很遙遠了，卻也是我最懷念的時期，有時候會覺得，那是個對一切都充滿憧憬的時期。

我更羨慕的就是張鯨太跟謝亞鑲他們所經歷的這個時代，可以接觸的資訊更多、更廣，能

後記

鑽研自己興趣的管道也變多，就像張鯨太跟謝亞鑲這樣，可以為自己擅長、有興趣的事物繼續鑽研下去。

雖然整個故事裡，他們都被邶善狐仙強制安裝的APP搞得人仰馬翻啦——

最後，再次感謝看到這邊的你，希望這個故事你會喜歡。

——瀝青

強制撩男

作者：瀝青
插畫：夏樹

【發行人】范萬楠
【出　版】東立出版社有限公司
【地　址】台北市承德路二段81號10樓
TEL：(02)2558-7277
【香港公司】東立出版集團有限公司
香港北角渣華道321號
柯達大廈第二期1207室
TEL：23862312

【劃撥帳號】1085042-7
【戶　名】東立出版社有限公司
【劃撥專線】(02)2558-7277總機0

【美術總監】林雲連
【文字編輯】楊靜雯
【美術編輯】王宜茜
【印　刷】勁達印刷廠
【裝　訂】台興裝訂股份有限公司
【版　次】2022年11月20日第一刷發行

東立小說網站：http://www.tongli.com.tw/NovelIndex.aspx

ISBN 978-957-269-178-6